庭球のサムライ

誰が佐藤次郎を殺したのか

佐藤瑠璃子

Parade Books

この本を亡き父、祖父、そして大叔父、佐藤次郎に捧ぐ

目次

【第一章】　一九三四年へ

二〇一五年三月。薫がＪＲの快速列車を乗り継いで、神戸の元町駅に着いたころにはすっかり陽が落ちていた。

三ツ矢薫は都内の実家から大学に通っている二十歳の青年である。専門課程では機械工学を専攻する予定だ。趣味はゲームとオートバイ、歴史、それにテニス。テニスには力を入れてそれなりに練習しているのだが、なかなか上達しない。時折母の雪乃から、血筋のことで皮肉を言われると、ちょっと情けない気分になる。

大学の春休みに合わせて、アルバイトをしているガソリンスタンドの休みを取った。ずっと気になっていた神戸の西村旅館を訪ねるためである。もっとも西村旅館は既になく、現在跡地にはビルやコンビニが立っている。

では、何のために行くのか。

三ツ矢家のリビングに、オブジェのように置かれている古い旅行鞄がある。往年の名テニスプレーヤー佐藤次郎の遺品である。佐藤次郎は、雪乃の大叔父にあたる。

茶色い革製の鞄には、いくつものホテルのステッカーが貼られている。そのうちの「西村旅館」と印字されたものに、なぜか薫は小さいころから惹かれていた。アルファベットのステッカーばかりの中で唯一の日本語のものだったからかもしれない。佐藤次郎と西村旅館をネットで調べているうちに、次郎が泊まったその場所を、自分の目で見てみたいと思ったのである。

それともう一つ。薫には次郎とテニスをした記憶があるのだ。

いや、記憶と言えるほどはっきりしたものではない。ぼんやりとした夢のようなもの、遠い昔の、前世の思い出と言ったらいいだろうか。もっとも、小さい時から母に、若くして亡くなった次郎のことを繰り返し聞かされたせいかもしれない、とも思う。

もちろんこのことは誰にも話していない。笑い飛ばされるか馬鹿にされるのが落ちだからだ。現地に足を運べば、長い間、薫の頭の隅に居座っている思い出の正体がわかるかもしれないという淡い期待もあった。アルバイトで得た金で青春18きっぷを買い、列車に乗った。

――この生暖かさは何だろう。東京を出たときは肌寒かったのに、気怠(けだる)いような重い空気が漂っている。

東の空を見ると、赤い大きな月が浮かんでいた。美しいというより不気味で、見つめていると吸い込まれそうになる。薫は異空間にいるような、奇妙な感じを覚えた。

腕に鳥肌が立っている。両頬を叩いて気合を入れた。背筋を伸ばし、ネオンが瞬く夜の街へ足を踏み出した。泊まるところは決めていない。どこかの漫画喫茶にでも潜り込むつもりでいた。

西村旅館の跡地の神戸市栄町三丁目はメリケンパークの近くだ。真っすぐ海に向かって歩く。南京町の海榮門を抜け、右に曲がり、細い路地に入った。

突然、地面が大きく揺れた。

地震！　強い揺れがしばらく続き、薫はその場にうずくまった。

揺れが収まったのを確認してから、ゆっくりと立ち上がった。めまいがして足元がふらつく。深呼吸をして息をととのえた。

スマートフォンを見ると、先ほどまで見ていたマップの画面がフリーズし、コンパスだけが動いている。

——壊れた？

あわててラインをしようとしたが、アプリがすべて消えている。いろいろ試したものの、全く反応がない。一瞬、この旅の前途に、途方もないものが待ち受けているような、予感めいたものが薫を襲った。

——仕方がない。明日ショップに持っていくか。それにしてもこの路地の暗さは……。

薫は一人深い闇の中に立っていた。空気が湿気を帯びていて、潮の香がする。

たしか四、五百メートル先にコンビニがあり、そこがかつて西村旅館が立っていた場所のはずだ。目を凝らすと、遠くにぼんやりと小さな灯りのようなものが見える。足元に注意しながら歩を進めた。

そこにあったのはコンビニではなく、コロニアル風の瀟洒な二階建ての洋館だった。その隣には三階建ての和風の大きな建物があった。両方の建物から灯りが漏れ、にぎやかな雰囲気が伝わってくる。レストランか料亭だろうか。薫は西村旅館のことを訊いてみようと、洋館の中に入ろうとした。ひょっとしたら昔のことを知っている人がいるかもしれない。

「えっ？」

洋館の入り口の横に「NISHIMURA HOTEL」と記されたプレートがあった。

いくども見直した。西村ホテルに間違いないようだ。隣の和風の建物に走った。

入口の黒塀に「西村旅館」と書かれた縦長の看板が掲げられていた。

理解できぬまま、しばらくその場に立ちすくんだ。そしてやっと納得がいく解答を見つけた。

――西村旅館を復元したんだ！　ネットのマップはまだ更新されていなかったのだろう。だったら、今晩はここに泊まるとするか。高そうだけれど、バイト料も入ったことだし、この際特別な経験をするのも悪くない。

薫は、西村旅館が復元されているとは思ってもいなかったので、すごく得をしたような気分になった。

玄関の戸を開けて中に入ると、柱や床、天井などすべてがどっしりとして落ち着いており、とても昨日今日復元されたものとは思えない雰囲気がある。

――西村旅館は空襲で焼けてしまったのに、こんなにリアルに再現できるとは。だけど復元の件はネットのどこにも出ていなかったな。立派な観光施設なのになぜだろう。

「いらっしゃいませ」

スーツを着た小柄な中年男性が愛想よく出迎えてくれた。

「あの、今夜泊まりたいんですが」

男は薫のジーンズに薄手のダウンジャケット、バックパックという格好を不思議そうに見ている。薫の言葉にハッとしたように言った。

「お部屋が空いてるか調べてみますよって、そっちの待合室で待っててもらえますか？」

薫はスニーカーを脱ぎ、玄関を上がってすぐ左手にあるガラスのはまった格子戸を開けた。

暗赤色の絨毯が敷かれ、革張りの椅子とソファの応接セットと本棚が置かれている。

――当時のものをそろえたのかな。でも新しい感じがする。

薫は肩から荷物を下ろしながらソファに座り、テーブルの上にあった「神戸新聞」を手に取った。

昭和八年十月十四日号。

「活字がやけに古めかしいな。でも、昭和八年って、なんだよ、これ」

――どういうこと？　これも旅館の演出か。ずいぶん凝っているなあ。

そう思いながらも薫の心臓はざわついた。廊下を通る人影を見つけるなり、新聞を片手に駆け寄った。

「すみません、この新聞って……」

思わず言葉に詰まった。

「新聞がどうかしたかね？」

薫に声をかけられた和服姿の老人は、訝しげに言った。

「あの、この新聞って、いつのですか？」

老人は薫を上から下まで確かめるように何度か見た後、懐から丸眼鏡を取り出した。

「ん？　君、これは今日の新聞じゃないか」

「えっ？　今日？　だってこれ、昭和八年になっているじゃないですか」

「今日は昭和八年十月十四日だろうが」

――馬鹿な。そんなことがあるわけないじゃないか。

薫は白日夢を見ているような感覚に包まれた。

「君、大丈夫かね。顔が真っ青じゃないか」

待合室に戻った薫はふらつきながらソファに倒れ込んだ。頭が混乱したまま呆然としていると、さっきの中年男性が顔を覗かせた。

「お待たせしました。お部屋が整いましたんでご案内します」

心配顔の老人に支えられて、薫は何とか立ち上がった。

二階の客室に案内された。男は座卓の上に宿帳と筆、硯を並べ、薫に会釈した。

仕方なくなれない筆を持ち、住所と氏名を記した。

男は宿帳に目を通すと首を傾げた。

「あのう、これはどういう意味でっしゃろ?」

そう言って宿帳を薫に向け、住所を指さした。

「えっ?」自分の書いた字が下手すぎて読めないのかと焦った。

「とうきょうみやこ?」

「あっ」

——そうか、今が本当に昭和八年ならば、東京都じゃない。東京府?

「すみません。間違えました」

筆を取り、「都」を塗りつぶして横に「府」と書いた。

――ちょっと待て。「区」は大丈夫なのか。

「東京市杉並区ということでんな」

「は、はい。東京市です」

――杉並区はあるんだ。

一瞬薫の緊張がゆるんだ。

男は改めて宿帳と薫を確かめるように見ると、神妙な顔で軽く頭を下げ退室した。

少しして仲居がお茶を運んできた。

「もう晩いさかい、お夕飯はお出しできまへんが、それでもかましまへんか?」

「あぁ、大丈夫です」

「……はぁ」

仲居は不思議そうな顔をし、座卓に湯飲みとガラスの水差しを置いた。それから浴室と手洗いについて説明すると、おじぎをして去っていった。

――何か変なことを言ったかな?

すでに布団が敷かれていた。枕元には寝巻も用意されている。薫は着替える気力がわかないまま電気を消して横になった。目を閉じ、大きく息を吸った。今日という一日が十年にも感じられる。自分が昭和八年にいるのかまだ信じがたく、テレビのドッキリ番組か何かに騙されているような気がしてならなかった。体はかなり疲れているのだが、頭が冴えて眠れない。

――本当に昭和八年ならば、僕はどこに帰ればいいんだろう。実家は存在していない。むろん両親はまだ生まれていないし……。あっ、お金！　使えるお金がない。カードなんて当然だめだ。ということは、僕は文無し？

「どうしよう！」思わず声が出た。

夜のうちにここを出るか。しかし、出たところで行く当てがない。朝になったらあの男の人に謝って許してもらう。またはここで働かせてもらって宿代を返し、このあとも引き続き働かせてもらう。薫はこの二択しかないと考え、後者を選ぶことにした。

――ないものはないんだ。どうにでもなれ。

そう開き直ると、いつの間にか深い眠りに落ちていた。

窓の障子越しに差し込む柔らかな光を受けて、目覚めた。布団の中で天井、窓、床の間と視線を巡らせた。

――ここは？

薫は自分がどこにいるのかわからず戸惑った。昨夜の出来事が、長い夢としか思えなかったからである。天井を見つめたまま考えた。突然、布団をはねのけ窓際に駆け寄った。障子を開けた窓から見える建物はほとんどが木造である。旅館の前の通りを着物姿の少年が歩いている。

——まさか。

いつの間にか自分が息を止めていたことに気づいた薫は、深呼吸を何度かすると畳に座り込んだ。状況を理解しようとしたが、考えれば考えるほどわからなくなる。

——とにかく、昨夜考えた通りにしよう。

薫はバックパックを肩にかけ階下に降りた。

「お客さん、今から朝ご飯お部屋に届けます」

一階の廊下で仲居に呼び止められた。

「あのう、受付の男性の方はいますか？」

「受付……番頭さんのことでっしゃろか？」

「あっ、はい」

「番頭さんなら、すぐ戻らはります。朝食はお部屋にお運びしておきます」

「朝食は結構です。いりません」

仲居は怪訝そうに薫を見ると、ぺこりと頭を下げて足早に奥へ去った。

とりあえず待合室で番頭を待つことにした。

「なんぞご用でございますか」

さっきの仲居に聞いたのか、番頭が待合室に入ってきた。

薫は不安げに頷いた。

「実は僕、財布を掏られてしまったようなんです。何回捜しても見つからなくて、それで、その、支払いが……」

「それはお困りですなぁ。そやけど、うちも困りますわなぁ。警察に相談するしかありませんな」番頭はため息交じりに言った。

「ちょっ、ちょっと待ってください。お金を返さないとは言っていません。ここで働いて返させてもらえませんか。お願いします！」

薫は正座し、床につかんばかりに頭を下げた。

「お願いです！　何でもしますので、警察を呼ぶのだけはやめてください」

渋い顔の番頭は腕組みをして薫を見下ろした。

「どないかしはりましたん？」

着物姿の恰幅の良い五十代くらいの女性が声をかけてきた。

「あっ、女将さん、こちらのお客さんが宿泊代を払えないと言うてますのや」

番頭がほっとしたような顔で言った。

「すみません。わざとじゃないんです。気がついたら財布がなくなっていて……。あの、宿代の代わりに、僕をここで働かせてもらえませんか。なんでもしますから。お願いします」

女将は、正座している薫を黙って見つめた。

「あんさんのお名前は？」

「三ツ矢薫です」薫は顔を上げて答えた。

「お腹減ってはるのとちゃいます？」

「えっ？　いえ」

「そうぉ？　でも、まずは奥へ行って、朝ご飯にしなはれ。すんだら番頭はんに、せなあかんこと訊いたらよろしおす」

「えっ？　雇っていただけるんですか？」

「あんさん、そない悪いことするお人には、見えへんしなぁ。人手はようさんな方が助かりますやろ」

薫の目が潤んだ。

「そないな顔せんと。早うご飯食べて、それからおきばりやす」

番頭は肩をすくめてわざとらしく息をつき、無表情のまま薫を奥へ急かした。

「ありがとうございます」

薫は女将の後ろ姿に深々と頭を下げた。

＊

その晩、薫は下働きの男たちと一緒の部屋で、煎餅布団にくるまりながら、このタイムスリップについてまんじりともせずに考え続けた。

――なぜ、突然、時空の隙間にこぼれ落ちたのか？　僕だけが？　交通事故のようにたまたま運が悪かったのか？　それとも、偶然ではないとしたら。だって、昭和八年ってつまり一九三三年ってことだろう。一九三三って一九三四年の一年前。それって……。

偶然じゃなく、理由があるのかもしれない。

そう、このタイムスリップに理由があるとすれば、答えは一つだ。

眠れぬままに、先日のできごとが鮮明に思い出された。

二〇一五年三月二日の朝。夜中にゲームをしていたせいでぼうっとした頭で、母の淹れたコーヒーを飲んでいると、テレビのニュースが耳に入ってきた。

「錦織圭、世界ランキング・シングルス四位、日本男子歴代最高位、アジア人男子歴代最高位です。日本人初のシングルス世界ランキング・トップテン入りを果たしました」

薫は一気に目が覚めた。

――ええ、なんだよ。こんな放送をしたら皆が勘違いしちゃうじゃないか。日本人の世界ランキング最高位は一九三三年に佐藤次郎がとった三位なのだ。

「まただよ、母さん。いいの？　このままにしておいて」

「ほんと、やーね。次郎叔父さんは世界三位なのに」

「NHKに言った方がいいんじゃないの」

「だってもう放送されちゃったし、今から抗議しても、また、ランキング方式が新しくなったからとか何とか言われるだけよ。それにしても、どうしてちゃんと調べないのかしら」

雪乃はうんざりしたような顔をした。

薫の母、雪乃の旧姓は佐藤で、佐藤次郎は大叔父にあたる。佐藤次郎のことをいまだに親族は皆、敬愛を込めて「次郎叔父さん」と呼んでいるのである。

「でも、抗議した方がいいよ。これじゃ次郎叔父さんだって浮かばれないよ」

「じゃぁ、薫が電話しなさいよ」

佐藤次郎はテニスに命を懸けたのだ。

「僕が？」

「そうよ、あなただって次郎叔父さんと血が繋がっているのよ。いわば遺族なんだから」

雪乃がそう言ったのには理由があった。二〇一一年十月八日のNHKニュースで「錦織圭、日本男子史上最高三十位。日本男子選手最高を更新」と放送されたとき、雪乃はＮＨＫに訂正を求める電話をかけた。が、ランキングの計算方式が昔とは違う、仕方がないと言われてお茶を濁されたのである。計算方式が変わったら、過去のランキングはなかったことにされるのか。そんな馬鹿なことがまかり通るのだろうか。だが、残念なことに、実際それがまかり通っているのである。

薫の祖父、佐藤忍が亡くなってからは、親族も積極的に間違いを訂正しようとはしなくなった。雪乃は例外的な存在だ。

このままでは間違った情報が流布され、誰かがそれをウィキペディアなどに載せれば、それを見たほとんどの人がその情報を鵜呑みにしてしまう。

――つまり、ここで僕が何もしないと、佐藤次郎の輝かしい世界ランキングの栄光も歴史の闇に葬られてしまうということだ。

薫はコーヒーを飲み干すと、抗議の電話をすることにした。

「はい、こちらはＮＨＫです」

「先ほどのニュースに誤りがあるので、担当者に繋いでください」

「少々お待ちください」

しばらくすると、お電話代わりました、と男性の声がした。

「ニュースで錦織圭選手の世界ランキングが日本男子歴代最高位と放送されたのですが、それは間違いです」

「はぁ？」

「日本男子最高位は一九三三年に佐藤次郎が獲得した世界ランキング三位です。ネットで検索すればすぐわかります。なぜこんな大事なことを間違えるんですか」

「そうですか。おそらく現在のランキングは戦前とは計算方式が違うのではないかと思いますが」

「計算方式が変わったら、過去のランキングは意味がないということですか？　そんな馬鹿なことはないでしょう」

「私どもは共同通信の配信を基にしておりまして」

「だったら、錦織選手のランキングは現在のシステムに因るもので、過去に世界ランキング三位を獲った選手、佐藤次郎がいたということをきちんと伝えるべきでしょ」

「はぁ」

暖簾に腕押しとはこのことか。電話を切って薫は余計に腹が立った。

――計算方式が新しくなったからといって、過去に獲得したランキングを無効にしていいはずがない。日本人だったら、三位を獲った選手がいたことを誇りに思うはずだ。

気を取り直して共同通信に電話した。担当者に、先ほどの顛末を話し、貴社がよく調べないで情報をマスコミに流しているせいではないかと訴えた。

「いや、こちらも、そのことは配信記事の最後に書いているのですが」と、共同通信の加盟社が勝手に文章を割愛しているというようなことを担当者は言った。

「だったら、次回からは世界ランキング三位の選手が過去にいたことを一番先に書いて、他のマスコミが無視できないような記事にしてください」

受話器を置くと、長いため息が漏れた。

——次はテニス協会、か。

薫は、静かな、深呼吸に似た息づかいをした。気が重いがここを外すわけにはいかない。日本テニス協会に電話をしてニュースのことを話し、協会からもマスコミ等に注意を促してほしいと頼んだ。そもそも、ＳＮＳの情報管理は協会がすべきだ、と薫は思っている。

電話に出た年配者らしき男性は、明らかに面倒くさそうな感じである。

「こちらとしても言ってはみますが、放送するのはテレビ局ですからね。以後それが訂正されるとは限りませんよ」

「きっちり訂正させるのがテニス協会の役目ではないのですか」

「そう言われましてもねぇ。もちろん私だって佐藤選手をリスペクトしていますよ。でも、放送するのは我々ではないので」

つまり、今後も今回と同じように放送されたとしてもテニス協会に責任は一切ありません、というわけだ。その後もこの男性はリスペクトと訂正される保証はない、を繰り返した。

薫は、佐藤次郎がテニス協会の手によって二度殺されたように感じた。

*

一九三三年の神戸での、薫の下働き生活が始まった。

早朝四時に起床し、旅館周辺の掃き掃除から始まり、下足番、薪割り、浴場掃除など仕事に追われ、夜寝床につく頃には疲れ切ってすぐ寝入ってしまう。

番頭が御仕着せと靴下、ズック靴を用意してくれた。下着は持参してきたもので何とか間に合わせている。

そんな中で、十六歳の仲居のフミとは年齢も近いせいかよく話すようになった。丹波出身のフミは九人兄弟の五番目で、十三歳から西村旅館に奉公しているという。何事にも不慣れな薫に、親切に接してくれる。

働き始めて二週間ほどたったある日のこと。厨房付近が何やら賑やかだ。行ってみると、数人の仲居たちが番頭に注意されている。騒がしいと怒られたようだ。薫は番頭が去るのを待って、フミにこっそり訊ねた。

「どうしたの？」

「明日、日本代表の選手たちがみえはるんやて」フミは弾んだ声でささやいた。

「日本代表って、何の？」

「庭球よ」

「ていきゅう？　あっ、テニスか！」

「そうなんやて。びっくりやわぁ。けど、なんでそんなに驚かはるん？」

「テニス選手なら、次郎叔父さん、いや、佐藤次郎選手も来るのかな？」

「さぁ、そこまではようわからんけど」

フミは首をかしげて廊下を急ぎ足で去った。

――明日、次郎叔父さんが来るかもしれない。いや、絶対来る。だけど、僕はどうしたらいいのだろう。

一つ間違えると取り返しのつかないことになるような気がした。

――たとえ明日来なくても、いつかは絶対に来る。あの鞄に「西村旅館」のステッカーが貼ってあったのだから。もし明日叔父さんが来たら一緒について行くんだ。今の僕にとって身寄りは佐藤家だけだ。といっても向こうは僕の存在を知るはずもないけれど。それに、次郎叔父さんが生きているならば、僕にはやらなければならないことがある。それこそが僕がこの時代にタイムスリップした理由なのだ。

止めるんだ。次郎叔父さんの自殺を。

佐藤次郎は一九〇八年、群馬県長尾村（現・渋川市）に生まれ、早稲田大学在学中に日本ランキング一位となる。一九三一年からデビスカップ日本代表となり、同年の全仏選手権で初の四大大会準決勝に進み、世界ランキング九位に入る。

一九三三年には全仏とウィンブルドンの二大会連続でベスト4に進出。全仏の準々決勝ではイギリスのフレッド・ペリーを破った。この年の世界ランキング一位はオーストラリアのジャック・クロフォード、二位フレッド・ペリー、三位佐藤次郎である。しかし十月に帰国したときは、長い海外遠征に心身ともに疲れ切っていた。

健康状態が限界に達していた次郎は、翌年のデ杯出場を固辞した。次郎の兄、太郎も日本庭球協会に出場辞退を強く要請したが、協会はそれを許さなかった。スター選手の佐藤次郎を欠いては「デビスカップ選手派遣基金」募集が心許なかったからである。日本庭球協会の幹部たちは次郎に多大なプレッシャーをかけ、強引に出場を決意させた。

一九三四年三月二十三日、次郎は心身不調のままデ杯日本代表として神戸から箱根丸でヨーロッパ遠征に出発する。そして四月五日、船上から、マラッカ海峡に身を投じたのである。享年二十六であった。

翌日、目が冴えてしまった薫は午前三時に起床し、旅館前の通りを竹箒で掃き出した。何かやっていなければ落ち着かなかったのである。

「朝早くから、よぉ気張ったはりまんなぁ」

掃き掃除を終え、裏で薪割りをしていた薫に番頭が声をかけてきた。

「はい、早く目が覚めたものですから」

「ほうか。もうちょっとしたら朝ご飯食べてきなはれ」

「ありがとうございます」

薪割りが一段落し奥へ行くと、すでにフミが食事をしていて、薫を見ると微笑んで目であいさつした。薫も座って箸を取った。

先に食事を終えたフミが食器を下げるときに、薫の耳元でささやいた。

「おみえになるみたいやで、佐藤選手」

「ほんとに⁉」薫は思わず声を上げた。

フミはあわてたように周囲を見回し、誰も気にしていないことを確かめると、

「女将さんと番頭さんが、さっき言うてはったし」と言い残して、足早に厨房に消えた。

「そうか、来るのかあ」

薫はうれしさと期待が、胸の底から湧き上がってくるのを感じた。


夕方五時過ぎ、薫が玄関の履物をそろえていると、三人の男性が入ってきた。

「こんばんは」

よく通る親しみのある声の主を、目で追った。

背丈は一七〇センチ前後で薫と同じくらいか。折り目がビシッとついたグレーのスラックスに紺のブレザー、プレスのきいた白いシャツ。お洒落な人だと思った次の瞬間、薫の目はその男性の顔にくぎ付けになった。

――次郎叔父さんだ！　この人は佐藤次郎だ。家にある写真で何度も見た顔だ、間違いない。

「いらっしゃいませ」

すぐに番頭が出てきてあいさつをしながら、横で半ば放心状態の薫の背中を軽く突いた。

「い、らっしゃいませ」我に返った薫はあわてて声を出した。

次郎が微笑んでいる。

――次郎叔父さんが生きている。じいちゃん、次郎叔父さんが生きているよ！

薫は目のまえの次郎を、真っ先に、亡くなった祖父に会わせたいと思った。

――本人を見ると、叔父さんていうのは変な感じだな。若いし、次郎さんだよ。そうだ、次郎さんだ。

このとき、薫の意識の中で「次郎叔父さん」は「次郎さん」に変わったのである。

次郎たちは仲居の後に続き、階段を上がっていった。しばらくして女将があいさつのために部屋に向かった。

――次郎さんがひとりになる機会はあるのだろうか。どこかで待つにしても人目がありすぎるし、どうしたら二人だけで話せるだろう。

薫は風呂釜に薪をくべながら、そのことばかりを考えていた。

浴場に続く廊下に足音がした。急いで小さな窓からうかがうと次郎たちだった。

――ひとりじゃないのか。何かいい方法はないかな。何としても、今夜中に同行を頼まなければ。

そう思いながらも時間は刻々と過ぎていく。

何とかしたくても持ち場を離れるわけにはいかない。

「薫さん、佐藤選手とお話できたん？」

フミが顔をだした。

「いや、まだ。……佐藤選手はいつもだれかと一緒だし、それにあと一時間はここを離れられないから」沈んだ声でボソッと言った。

「さっき待合室に、ひとりで居はったで」

「えっ、ほんとう?」

「ほんまや。薫さん行ってきてみ。うち、ちょうど一段落したとこやし、薪くべかわってあげるさかい」

「フミちゃん、そうしてくれたら助かる。恩に着るよ、ありがとう!」

薫はフミの好意をすなおに受けいれた。

番頭に見つからないようにこっそり待合室の戸を開けた。

次郎がひとりで新聞を手に椅子にかけている。薫を見て小さく頷いた。

薫の頭は沸騰寸前の状態で何も考えられなかったが、この時を逃してはならないという強い直感が次郎に声をかけさせた。

「あの……、佐藤選手ですよね」

「はい、佐藤です」

こんな風に他人に声をかけられるのは日常のことらしく、次郎はごく自然に答えた。

「はじめまして。僕は三ツ矢薫といいます。長尾村の出身で、夏保の東のうちの遠い親戚なんです」

次郎や雪乃の実家である群馬の家は、昔から夏保と呼ばれている。雪乃によると南向きに建てられているのでいつも夏みたいに暖かいからだというのだが、真偽のほどはわからない。東のうちというのは佐藤家の分家の一つである。

「えっ、東のうちの？」

「はい」

もちろん薫は東のうちの人間ではない。が、「あなたの甥の孫です」とも言えないし、昨夜考えたもっともらしい嘘だった。

「そうですか。いやぁ嬉しいな、こんなところで郷里の人に会えるなんて」

次郎の言葉に意を強くした薫は、大きく息を吸ってから一気に言った。

「初対面の佐藤さんにこんなお願いをするのは気が引けるのですが、僕を一緒に、夏保につれて行ってくれませんか。お願いします！」

次郎は驚きと当惑の入り交じったような顔で、薫を見つめた。

「困ったな、いきなりそんなことを言われても。ちょっと失敬じゃないか。……君は、なんで夏保へ行きたいの？」

「それは、その……僕は、太郎さんのお役に立ちたいんです」

佐藤家は山林業を生業としている。当時は日本の家屋のほとんどが木造で、使用木材の九割以上が国産材だったため、佐藤家は裕福で使用人もたくさんいた。

「兄の？　そうか。でも急すぎるよ」

「お願いです、僕、なんでもしますから。お役に立てるよう努力します！」

薫は床に手をつき頭を下げた。

「そんな、土下座なんてやめてくれないか」

「なんぞ、うちのもんが粗相でもしましたんでしょか？」

番頭が顔をこわばらせて入ってきた。

「いやそういうわけじゃないいんだ。なんでもないよ」

「申し訳ありません、おじゃましましたようで」

番頭は薫に『奥に引っ込め』と目で強く指図した。

薫は立ち上がり、次郎に一礼して退室した。

風呂釜の前へ戻ると、「しゃべれた？」と笑顔で訊くフミに、だまって頷いた。

「あんまりうれしそうじゃないね」

「とりあえず言うべきことは言ったんだ。ただ」

「……」

薫はうつむいていた顔をあげると、目に力をこめた。

「フミちゃん、僕は、明日ここを出て行くよ」

「えっ、明日？　なんでそないにせかはるん？」

「佐藤選手について行くんだ。いま行かなくちゃだめなんだ」

「……」困惑した表情のフミの瞳が、薄っすらとうるんでいる。

「フミちゃんに仲良くしてもらって、たくさん助けてもらったことを僕は忘れない。すごく感謝している、ありがとう」

「ほんまに発たはりますのん？」

「ごめん。あとで、女将さんに言うよ」

「そうなんや。発たはるんや」フミはうつむいて言った。

赤い鼻緒にポツンと涙が落ちた。

翌朝、次郎はひとり待合室でコーヒーを飲んでいた。

薫は西村旅館のステッカーを手に、そっと待合室に入った。

「おはようございます」

「やぁ、君……、きのうのことだけど、やっぱり僕は君を連れて行けない。すまない」

「そうですか、しかたないです。あっ、これよかったら記念にどうぞ」

「ステッカーか、ありがとう」

次郎は足元の旅行鞄を膝にのせ、糊を湿らせてからステッカーを貼った。

——うちにある鞄だ！

階段を下りる足音がして、仲間がやってきた。

「おまたせ」

次郎は笑顔で立ち上がり鞄を持とうとしたが、薫が先に持ち手をにぎった。

「お持ちいたします」

次郎は薫と目を合わせると少し間をおき、口角を上げて「頼む」と言った。

薫は少し胸を張り、持ちなれたその旅行鞄を手に取った。

——重い。リビングにあったこの鞄は何も入っていないので軽かったんだ。

一行を送り出すと、薫は女将と番頭にあいさつをして、急いでバックパックを背負い靴を履いた。

昨夜とつぜん暇を願い出た薫を、女将はしばらくじっと見つめた。

そして理由も訊かず、「おおきに、よう気張ってくれはりました」と言い、いくばくかの金を包んでくれた。番頭は驚いて、なにが不満なのかと訊いたが、薫は急ぎ上京しなければならない用ができたとだけ言って平謝りに謝った。

裏門を出て通りを歩いていると、「かおるさぁん」という声に呼び止められた。

「フミちゃん」

フミが息を切らして走ってきて、小さな風呂敷包みを差し出した。

「おむすびやから、お腹減ったら食べて」

少し紅潮し、姫りんごのような頬をしている。

「フミちゃん……」

「早よ戻らんとあかんの。薫さん、どうかお達者で」

フミはくるっと背を向けて駆け出した。

「ありがとう！」

薫の声に立ち止まりこくんと頷くと、フミは振り向かずに去って行った。

次郎たちの後をつけ、元町駅から神戸駅へ行き、特別急行燕に乗車した。

薫の所持金では東京までの乗車券を買うことができない。とりあえず一駅分の切符を手に入れ三等車に乗り込んだ。

木製の簡素な座席は硬く冷たく、座り心地はすこぶる悪い。

「燕のおかげで東京までたったの九時間なんやて、ほんまに助かりまんなぁ」

「そりゃほんまに早よおした」

後ろの乗客の会話が耳に入った。

──九時間って、青春18きっぷ並だな。この椅子にずっと座っているのか。新幹線はまだ夢のまた夢なんだ。

ふと、薫は複数の視線を感じた。乗客たちは珍しいものでも見るように薫をうかがっている。たしかにダウンジャケットとジーンズはだれも着ていない。好奇の視線の中、フミが用意してくれたおむすびにかぶりついた。

「切符を拝見します」

車掌が乗車券を確認しに、三等車にやってきた。

──まずい！　どうしよう。トイレに隠れるか。

薫は伏し目がちに目立たぬように席を立ち、トイレに逃げ込んだ。

頃合いを見てトイレから出た。戻ろうかここにいるか、別の場所に移るか考えていると、後ろから肩を軽くたたかれた。ビクッとして振り向くと、

「乗車券を拝見します」

行く手を遮るように車掌が立っている。

「はい……。あれ、へんだな、ここに入れといたのに」

薫はジーンズやジャケットのポケットをせわしなく探った。

「おかしいな、落としたのかな。すみません、失くしたみたいです」

薫は心底困った風に車掌に謝った。

「ちょっと来てください」

車掌の態度が高圧的に変化した。

「でも、あの」

有無を言わせぬ雰囲気である。

——このままだと途中で降ろされる！　逃げるか。いや、逃げても捕まって、次の駅で降ろされるだろう。

薫は頭をフル回転させたが、焦るばかりで良案が思いつかない。足が自然に重くなる。

「さっさと歩きなさい」車掌が強い口調で言う。

薫はうなだれて従った。

「あれ、きみ！　西村旅館の」

一等車近くの通路にいた次郎が、声をかけてきた。

「お知り合いですか？」

車掌は、次郎をみとめると、意外そうな表情でたずねた。

「ええ」と答え、「どういうこと？」と次郎は薫に向けて訊いた。

「それが……」続く言葉を探していると、

「切符を失くされたので、とりあえず次の駅で降りていただきます」と車掌が口をはさんだ。

次郎はその一言でおおよそのことを悟り、

「東京まで六円でしたね。それと一等車の分は？」

次郎は車掌が告げた金額を財布から出した。

車掌は、次郎の行為に面食らったようだったがすぐ笑顔になり、薫に一瞥を投げ、その場を去った。

「佐藤さん……」

薫は頭を深く下げた。申しわけない思いと、情けなさで居たたまれない気持ちになった。同時に、途中降車をまぬがれた安堵感も覚えた。

「もういいよ、頭を上げて。ええと君は……」

「三ツ矢薫です」

「薫君、どうしてここに？」

「それは……僕はどうしても夏保に行きたいんです。だから」

次郎は半ばあきれた風に薫を見た。

「君って人は。しょうがないなぁ。だいいち、東京に着いても、文無しじゃ身動きとれないじゃないか」

薫はうつむき、唇をかんだ。

ややあって、薫の肩に大きな手がおかれた。

「一緒に夏保に行こう」

懐かしい風景、新しい生活

上野で上越線に乗り換え、渋川駅に着いたのはかなり遅い時刻だった。迎えのハイヤーで、夏保まで暗い山道を上って行く。

次郎は海外遠征から帰国してすぐに、試合や歓迎会への参加を余儀なくされていた。やっと時間ができ、今回、これが帰国後初の故郷への凱旋となった。

門が見えてきた。

今はない鉄製の大きな門。薫の胸が懐かしさでいっぱいになった。

ハイヤーを降りると目の前に、数年前に取り壊された築四五〇年の家が現れた。

それは、薫が最後に見たときより、ずっと活気に満ちている。手伝いの者も含め、家の人たちがみな庭に出て待っていた。

祖父の忍が、昔は車が来るのはうちだけだったので、道を上がる音で客が来るのがわかったと言っていたことを思い出した。

薫は身震いした。写真でしか知らない曽祖父の太郎、若い曽祖母や、祖父の忍らしき子供が出迎えてくれたからだ。

「おかえり！」兄と弟は肩を抱き合って再会を喜んだ。

「ただいま帰りました」次郎は鞄を置き、敬礼をした。

「おかえりなさい、次郎兄さま！」

身長が一六〇センチ以上ある大柄な若い女性が、次郎に駆け寄った。

――とせこさんだ！

佐藤登世子は佐藤家の末っ子で、次郎が可愛がっていた妹である。

「登世子、元気だったか。また大きくなったんじゃないか」

冗談めかして次郎が言うと、皆大笑いして、その場はおかえりの嵐に包まれた。

次郎の計らいで、翌日から薫は佐藤家に住み込みで働くことになった。

五時に同室の番頭の奥野茂に起こされ、お手伝いが用意してくれたお仕着せに着替える。台所の続きの囲炉裏がある板の間で、急いで麦飯と味噌汁と漬物の簡単な朝飯をとった。この家には住み込みのお手伝いが六人、下働きの男性が五人（そのうち通いが四人）仕えていた。

外に出ると、薫の記憶では池のある日本庭園のはずが、テニスコートが現れた。昨晩は暗くて気が付かなかったのだ。

奥野は通いの四人と共に山に入るので、仕事は旦那さんに訊くように、と言い残して出かけた。西の蔵の方へ向かうと、ピカピカのハーレーダビッドソンが目に入った。

胸が熱くなる。

――これがあのハーレーなんだ！　前に、僕がＴ・ＭＡＸに乗って佐藤家に行ったら「自分は陸王で、親父はハーレーに乗っていたんだ」と忍じいちゃんが言っていた。

薫がハーレーをまじまじと見ていたら、「乗ってみるか」と背後から声がした。びっくりして振り返ると、手袋を片手にブーツを履いた太郎が立っていた。

目の前にいる曽祖父は二十七歳で薫と七歳しか違わない。薫は、次郎と同じく太郎さんと呼ぶことにした。

「おはようございます」

「オートバイ好きなのか？」

「はい」

「じゃ、後ろに乗りなさい」

「いいんですか！」

太郎は右の口角を少し上げ、キックスタートでエンジンをかけた。薫が後ろに乗ると、ハーレーは勢いよく走りだした。Vツインエンジン特有のドッドッドッという震動が尻から伝わってくる。ヘルメットを被らないと解放感がある。国道に出ると渋川駅の方に向かった。薫は車が少ない、いやほとんど走っていないことに驚いた。すれちがう人は皆、物珍しそうに薫たちを見た。とくに若い女性は憧れの表情で太郎を見ている。太郎は浅野忠信に似た好男子で、背丈も一七〇センチくらい。この時代では高い方だろう。ハーレーを乗り回すとなればもてないはずがない。

薫の頭に、登世子たち親族がよく言っていたことがよぎった。「太郎兄さまの方が次郎兄さまよりテニスがずっとうまかったのよ。だけど、太郎兄さまは長男だから、家督を継がなくてはならないので諦めたの」

経済、精神、さまざまな面で次郎をささえたことが、佐藤太郎の大きな功績といえる。次郎の海外遠征費を工面するために、太郎が山一つ分の材木を売ったのは親族間では知られた話だ。

そして、太郎も、不慮の事故で三十六歳で亡くなる運命なのだ。

渋川の町を一周して家に戻ると、

「どうだった?」手袋を外しながら、太郎が訊いた。

「すごく爽快でした」

「じゃあまた乗せてやるよ」

「ほんとですか! ありがとうございます。あの、バイクの手入れしましょうか?」

「バイク?」

「あっ、ええと、オートバイ。そう、オートバイです」

「できるのか?」

「はい」

西の蔵の奥に、ハーレー専用の工具も揃えてあった。

「どこで整備のやり方を覚えたの?」

「それは……。神戸にいたときに覚えました」

適当なことを言いごまかした。薫はバイクの簡単なメンテナンスは自分でやる。昔のものは今に比べれば単純につくられているので、メンテナンスは難しくない。

「神戸か。次郎の試合も神戸で観たのかい?」

「いえ。僕、次郎さんの試合はまだ観たことなくて。一度は観たいと思っているんですけど」

太郎は親しみのある目で薫を観た。

翌日、凱旋を祝して親戚が大勢集まってきた。宴の支度でお手伝いたちが座敷と台所を走り回っている。そのうちに写真屋が来て、集合写真を撮ることになった。次郎を中心に親戚一同、約二十名以上が庭に並んだ。

——あの写真だ！　前にＷＯＷＯＷの番組で使用された一枚。さまざまな大きさのカップを人々が持ち、前列の中央で次郎さんが忍じいちゃんを抱きかかえ、大きな笑い声が聞こえてくるような、全員が満面の笑みの、あの写真。この瞬間だったんだ。

次郎が薫の方を見て大きく手招きをした。薫は左右を見て呼ばれているのが自分だと知ると、おずおずと前に進んだ。

「薫君も一緒に入りなよ」次郎が肩越しに、後ろを指差した。

自分もれっきとした親族だが、さすがに遠慮していると、皆が早く早くと薫をせかした。

慌てて頭を下げながら、小走りに列の端に加わった。何度も目にしていた写真だったが、後ろに並んでいる多くの人たちについてはほとんど見過ごしていた。

あの写真に自分が写っていたのか。薫は目前の写真機を見つめ、笑顔をつくった。

＊

空高くよく晴れた日。登世子は渋川の親戚に用があり、薫が荷物持ちとして同行することになった。バス停へ向かう道を歩きながら、登世子はとても懐かしそうに言った。

「この道はね、私が小学校のとき、お兄さまたちと三人で通ったのよ。女学校の入学準備で放課後残って勉強していると、遅く帰る私を気づかって、お兄さまたちが迎えに来て下さったの」

「登世子さんは、太郎さんや次郎さんに特別にかわいがられていたんですね」

次郎が海外から実家に宛てたハガキの文面がみな「トセ子によろしく」で終わっていたのを、薫は思い出した。

「そうね、姉ばかりで妹は私だけだから。受け持ちの先生が『お兄さんたちがまた来ましたから、トセちゃん、今日も帰りは遅くても大丈夫よ。しっかり勉強していらっしゃい』なんておっしゃって。二人とも暗くなるまで校庭を走りまわったりテニスをしたり、よく競争していらしたわ」

――そういえば登世子さんは、学校の先生だったはずだ。

「なんだか目に浮かびますよ」

「ふふ。それで暗い道を三人で、馬やサイドカーに乗って帰ったの。運転はいつも太郎兄さまだったわ。太郎兄さま、いったい何時どこで習ったのかしらねぇ」

「馬はともかくサイドカーっていうのは、すごいですね」

「最初のころは、通りすがりの人がみんなびっくりして『大尽ちの坊ちゃんはさすがたまげたことをなさる』なんて言われたけど。学校のお友達もすごくうらやましがっていたのよ。それにね、次郎兄さまったら負けん気が強くて、『たまには僕にもさせてよ、兄さん』って言って、私と太郎兄さまを乗せて運転したこともあったの。もちろん無事に帰れたけど、私たちは乗っている間中、ずっとヒヤヒヤしていたわ」

渋川に着き、預かってきた荷物を届け、帰りの道すがらも登世子は兄たちの話をした。

「母はね、ずっと次郎兄さまの体を心配していたの。『次郎は体質が弱いのですから無理をせぬよう気を付けるのです。能事を引っ切っては困りますよ』っていつも言ってらしたわ」

「ノージを引っ切る、ってどういうことですか？」

登世子は首をかしげながら言った。

「責任感から、自分の能力以上の無理をしてしまうこと、かしら」

なにげなく発せられたこの言葉が、薫の胸に刺さった。

「そうそう、このあいだ私、次郎兄さまの上着を手にしたとき、うっかりポケットの中のものを落としてしまったの。そしたら、お母さまのお便りがこうやって丁寧にしまってあったのよ、お守りみたいに」

　登世子は指先で小さく紙を折るしぐさをし、ポケットに仕舞うように、右手を胸においた。

「なんて書いてあったんですか？」

「『1、油断せぬ事
　2、慎重の態度
　二伸、同封マムシの薬　之を呑むと気が強くなるから試合の時服用する事』

って日本紙に鉛筆で書いてあったわ。肌身離さず持っていらっしゃるのよ」

「肌身離さず……きっとあの瞬間も」

「あの瞬間？」

「あっ、いや。でも、大奥さまは次郎さんの全日本一位獲得の前に亡くなられたんですよね？」

　登世子はしずかに頷いた。

「ほんとうに、今のお兄さまをお母さまに見せてあげたい。どんなにかお喜びになったでしょうに。お母さまが在世中は、お兄さまは優勝の域まで行きませんでしたから。いつも決勝か準決勝で敗れてとても残念がって、でも『次郎はまだ若いから』って負け惜しみを言ってらしたの」

　――もしかしたら、母親が生きていたら次郎さんは死ななかったかもしれない。いや、どうだろう。そんなことを考えても詮ないのに、つい考えてしまう。

「次郎兄さまのおっしゃっていたことがわかるような気がするわ」

「何ですか？」

「あのね、どうしてあなたを連れていらしたのかって、お兄さまに訊いたことがあるの」

「……それで」

薫は西村旅館で初めて次郎に会い、いきなり同行を頼んだことが頭をよぎり冷や汗がでた。

「そしたら『なんだか、他人のような気がしなかったんだ』って。その時はそうでしたの、って思ったのよ。でもこうして薫君とお話していると、私もそんなふうに思えるわ、なぜかしら」登世子は歩きながら、薫を横目で見ている。

「そうだわ！　薫君は太郎兄さまに似ているのよ」

薫は曖昧に笑うしかなかった。

こうして時をさかのぼり、夏保の家にいるのは偶然なのか、次郎に会えたのは単なる幸運だったのか、と薫は何度も自分に問いかけていた。

何も知らずに微笑む登世子を見ていると、薫は黙っていることが大変な嘘をついているような後ろめたい気持ちになってしまう。これから佐藤家に起こる悲劇について、薫はすべてを知っているからだ。薫はすぐにでも伝えたい衝動を必死に抑えた。この気持ちは薫のなかで風船のようにふくらみ、気をつけないと勝手に口からこぼれ落ちそうになる。

――打ち明けるにしても今はその時ではない。伝えるのならば、僕の話を信じてもらえるようにそれなりの準備が必要だ。

*

囲炉裏端で見知らぬ年配の婦人が、休憩中の使用人らとお茶を飲んでいた。番頭の奥野が、薫もその輪に入るよう声をかけてくれた。

「新しく入った三ツ矢薫さんだ。この人はおキクさんというて、前に、ここに奉公しとんさった人だよ」

「新人さんかい」

「三ツ矢薫です。よろしくお願いします」

「あれ、薫さんは、顔立ちが御主人さまによう似ていらっしゃるがね。なぁ茂さん」

「おキクさんもそう思うかい、実はわしもそう思ったがね」

二人とも薫の顔を見て納得している。薫は幼い頃からよく曽祖父に似ていると言われていた。

話の流れを変えようと、

「おキクさんは、次郎さんの子供のころをよくご存じなんですよね」

「えぇ。次郎さんは小さいころから、私どもに何の面倒もかけませんでしたよ。暗くなるまで学校にいて、ずいぶんとお疲れだったでしょうに、私が寝床を敷けば『いいよ、兄さんは主人だから違うけど、僕は今に偉くなったら敷いてもらうよ。その代わり、お母さんの用事を頼むるだけ自分でやるよ。その代わり、お母さんの用事を頼む』と申されたんですよ」

「お二人は小さいころはよぉくケンカして、次郎さんが泣けば、叱られるのは決まって御主人さまだった。その様子を遠くから心配そうに眺めていたね、次郎さんは」

奥野が言うと、キクは微笑んで頷いた。

「その頃からテニスを始めていたんですよね」

「庭球かい？　そうさなぁ、小学校の低学年から毎日のように放課後二人してやっていたね。いやぁ、二人とも強くて、他の生徒じゃ相手にならんのさ。先生がときどき相手して、指導してくれたんだよ。次郎さんはいつだって御主人様が目標で、だけんど、御主人様にしたら逆のお立場なわけで。ほんとうは御主人様だって、選手になりたかったんじゃなかったのかな。ずっとうまかったんだから、次郎さんより」

「よく二人で組んで試合に行ってらっしゃったですよ」

「いつだったか、夏の暑い日、三県下の選手権大会に、二人で出場して苦戦したけど、とうとう優勝してね。あのときはずいぶんと喜んでいらしたなぁ。あれが次郎さんの、軟式庭球の最初で最後のカップだったんじゃねぇのかな」

テニスは他のスポーツよりも、優れたライバルの存在の有無が問われる。太郎という兄の存在がなければ、佐藤次郎は世界ランカーにはなれなかったかもしれない。

「茂さん、続きの部屋の戸を外しておくれ」

お手伝いのひとりが顔を出し、休憩が終わった。

薫たちは、母家の座敷を仕切っている大きな漆の引き戸を、全て外した。そこにアラベスク模様の絨毯を敷きつめると、百畳ほどの広い洋間が現れた。

明日は凱旋祝いに客人が大勢来てパーティーをするらしい。

つかの間の宴

「今夜はダンスパーティーだって！」

お手伝いたちが楽しそうに喋っている。

廊下にあるピアノは、まだ購入して間もないのだろう。艶やかな黒い色をして、その上には銀色の優勝カップが幾つも燦然と輝いている。後に、これらは全て戦争中に、武器製造のため供出することになるのだ。そして、薫の知っているこのピアノは、廊下の隅でひっそりと埃をかぶり、誰からも忘れられた存在だった。

台所では渋川から呼んだ洋食屋の料理人が、カナッペなどを準備している。日が暮れると自動車が次々と山道を上ってきた。着飾った男女で溢れ、家中が浮き立っている。蓄音機から流れる音楽にあわせて、太郎・次郎兄弟を中心に、人々は楽しげに踊ったり歓談したりしている。

薫は、平成の夏保の家からは想像がつかない華やかな様子に圧倒された。まるで、映画のセットの中に紛れ込んだようで落ちつかない。

だが昭和八年といえば、ドイツではヒトラーが首相になってナチスが政権を獲得した年だ。世界は破滅への道を歩き出していた。やがて、ここにいる全員が否応なしにそれに巻き込まれていくのだが、誰一人そんな未来を知らない。

――いま僕が「これから戦争が始まる」とここで言ったとしても誰も信じないし、たとえ事実だと証明できても歴史は変えられない。

パーティーに集っている人々の幸せそうな顔を見ているうちに、薫はやるせなくなった。

客人が去り、後片付けも一段落した。

このあたりからは、夜になると、遥か向こうに伊香保温泉の町並が、宝石箱をひっくりかえしたように色とりどりに輝いて見える。現在は渋川市が所有する、佐藤家の神社に続く道からんだ。

の夜景は、とくに美しい。薫の子供のころからのお気に入りの場所である。薫はそこへ足を運

ゆるやかな坂の途中に座っている人影が目に入った。立ち止まって確認し、そっと近づく。

「薫君」

気配に気づかれ、先に声をかけられた。

「ここいいですか？」

隣をしめすと、次郎は目で合図した。

「次郎さんもここにくるんですね、僕、ここの夜景が子供のときからとっても好きなんです」

次郎はうん、と言うように首を縦に振った。

「今夜は盛大でしたね」

「あぁ」

それだけ言って、次郎は再び遠くに目をやった。沈黙が続く。

「薫君、僕はね……、本当はもうボロボロなんだ」

「……」

「僕は病いを抱えながら、ずっと外国をまわってきたんだ。とっくに限界を超えているんだよ」

血が滲むような口調だった。

突然の発言にとまどい、薫は言うべき言葉を必死で探した。

「やめれば、いいんじゃないですか」

えっ？というような意外そうな表情で次郎が薫を見た。

「次郎さんは、もう十分国のために尽くしてきたんだし、大学のこともあるし、テニスはやめたらいいと思います」

「……」

「人はだれも、自分の行きたい道を選ぶ権利がありますから」

次郎は薫を見つめ、はかなげな笑みを見せた。

「君はいいなぁ。僕もそんな風に割り切れたら、どんなに楽だろう」

次郎は視線を薫から外し、前を向いた。

「僕はね、あんなに好きだったテニスが、今は苦痛でしかたがないんだ」

「だったら」

「やめられればどんなに楽か……僕は帰りの船のなかでずっと考えていたんだよ。もうテニスはおしまいにしよう、帰ったら今度こそ、今度こそ遅れていた単位を取り戻し、就職し、家庭を持つんだ、と」

「そうですよ！　絶対そうすべきです」

「けれどいざ帰国すると、人々の期待は増すばかりで、協会は休ませてもくれないのさ」

「庭球協会なんかに負けてはだめです。次郎さん、やめるのも大事な勇気ですから」

「やめるのも勇気、か……」

その瞳は伊香保の夜景を映したが、輝きは見えていなかった。

次郎は翌日早朝、上京した。

【第二章】　東京へ

「しばらく次郎のところへ行ってきなさい」

西の蔵でハーレーの手入れをしていると、太郎が現れた。

「東京にですか」

「そうだ。次郎はいろいろ忙しいようだから手伝ってやってくれ。ついでに試合を観てくるといい」

――以前『次郎さんの試合を観てみたい』と言ったのを覚えていてくれたんだ。

その日のうちに、薫は次郎が寄宿している御木本隆三の屋敷に向かった。

次郎は早稲田大学入学当時は姉、秋子の嫁ぎ先の池袋の関家へ寄宿していた。が、秋子が昭和五年に三十二歳という若さで亡くなり、夫の八十松が後妻を迎えたので、その後次郎は御木本本家で暮らしていた。

真珠王、御木本幸吉の長男である隆三は、日本テニス界のパトロン的存在である。

渋谷にある御木本邸は広大な屋敷で、大勢の使用人たちの出迎えを受け、応接室に通された。

次郎が降りてくると、さっそく薫を御木本本家の人々に紹介した。薫はこの家の雰囲気にすっかり圧倒されてしまった。次郎について二階に上がり、ゲストルームに入った。一級品の家具や装飾品、寝心地のよさそうなベッドに、暖炉を備えた広い洋室。窓からは美しく手入れされた中庭が一望でき、ヨーロッパの貴族の邸宅をおもわせた。

夏保では畳に布団で、使用人の部屋は北側で寒い。暖房といえば火鉢と炬燵くらいで、薫はこっそりダウンジャケットを着て寝ていた。

ベッドに横になると、これまでの疲れが一気に押し寄せ、薫はそのまま寝入ってしまった。

運命の人

数日して、薫は次郎に付き添って大森のテニスコートへ行き、ひとり観客席で試合が始まるのを待っていた。

「あなたの運動靴、変わっていらっしゃるのね」

「えっ」

「運動靴よ、すてきですわ」

となりに座っている女性が、薫のニューバランスのスニーカーを指差している。

「あぁ、どうも」

「そんなの見たことないわ、どこでお求めになったの？」

大きな目で不思議そうに薫を見ている。

「どこでって、……神戸だけど」

こういう問いにはほとんど「神戸」を利用している。

「神戸？　なんていうお店かしら？　私、試合で神戸に行くことがあるから買いたいわ」

――落ち着け、気をつけねば。

「じつは買ったんじゃなくって、知人からアメリカ土産にもらったんです」

「そうですの、残念」

痩せているがひきしまった体つきの、いかにも足の速そうなその女性は、くちびるを閉じ、口角を少し上げた。

「ごめん」

「あなたが謝ることはなくってよ。あ、私、二宮唯です。よろしくね」

笑うと白い歯がこぼれる。化粧はしていないが、小さな顔に整った目鼻立ちが美しく、さわやかだ。

「三ツ矢薫です。よろしく」

薫は中学三年のとき、同級生に告白しあっけなくふられてから、自ら女性に声をかけることは一切しなくなった。高校は男子校で、大学も理工系だからほとんど女性に縁がない。いわゆる草食系だ。しかし、興味がないわけではない。

ふいに、薫はこの出会いが偶然ではなく、まえから決まっていたような、不思議な感覚を覚えた。

「きょうはおひとりでいらしたの？」

「いや、来たのは二人だけど」

「どなたの応援かしら？」

「僕は、次郎さんの」

「佐藤次郎ね。ここにいるほとんどの人が、彼を観に来ているのよ」

ボブの黒髪が、風に揺れる。

「君は？」

「私？　私はとくに誰ってことはないの。テニスが好きだし、それに一流のプレーヤーの試合を観るのはとても勉強になるわ。あっ、これでも一応選手なんです。無名ですけど、ふふっ」

――どうりで日焼けしていると思った。言葉遣いからおそらく上流階級の娘にちがいない。

「ひとりで来たの？」

「いいえ、兄と。兄は布井選手と知り合いですの。さっきどなたかとお話ししてたから、そろそろ参りますわ」

「お兄さん？」

「えぇ。兄は東京帝国大学の学生で、物理学科専攻なんですけど」

そう言って声をひそめ「ちょっと変わっていますの」と微笑んだ。

「どんなふうに？」

「時空間とかの研究で、兄が言うには、時間をさかのぼることができるらしいんだけど、難しくって私には分からないわ」

「時空の研究⁉」

「あっ、兄ですわ」

物腰の柔らかな、瘦身の男性が唯のとなりに座った。

「お兄さま、こちらね、三ツ矢薫さんっておっしゃるのよ」

「二宮隆之介です、はじめまして」

黒縁メガネの奥の瞳が、やさしい。

「はじめまして、三ツ矢薫です」

「選手が来ましたわ！」

満場の拍手とともに、次郎と布井がコートに現れた。二人とも白ずくめで、下はスラックスである。

スター選手の登場に、人々の期待が熱気となって会場を包みこんだ。

やがて試合がはじまった。ボールを打つ音と、選手の走る音だけがする。

観衆の溜息と歓声がコートを支配する。

——僕はいま次郎さんの試合を、この目で観ているんだ！　一九九五年生まれの僕が！

薫は、突然、体中の血がたぎるような高ぶりを感じた。

二〇一五年にくらべたら、テニスのレベルは劣っているだろう。だが、厳しい環境のなかで培われたなにか、戦前の日本人が持つ精神性とでも言おうか、それが強い力となって、薫を圧倒した。

二宮兄妹は布井選手を応援しているのだが、薫に気を使ったと思われ、大声で歓声をあげることはなかった。

試合は６－２、４－６、６－４、６－１で次郎が勝った。

「ねぇ、三ツ矢さん。私たちこのあと、大森ホテルで守谷伯爵が主催するパーティーに出席するんだけど、三ツ矢さんはどうなさるの？」

「僕もたぶんそこに行くんじゃないかな」

「まぁ、よかった。でしたら、ご一緒できるわね」

避暑地にあるような瀟洒な大森ホテルの広間には、既にきょうの試合の関係者が集い、パーティーが始まっていた。次郎が入室すると、一斉に拍手が沸き起こった。すぐ後ろについている薫は、気恥ずかしくなり下を向いて歩いた。

二宮兄妹は中央のテーブル近くでグラスを片手に談笑している。唯が薫を見つけ、うれしそうに大きく手を振った。薫は次郎にことわり、唯のもとに急いだ。いつもならこうした出会いは避けているのだが、隆之介の話が聞きたかったのだ。それと、唯と話したい気持ちもあった。

「佐藤選手すごかったわね！　三ツ矢さんは佐藤選手とどういうご関係なの？」

「親戚です。いまは彼の実家を手伝っていて、今回は次郎さんの好意で、東京に連れてきてもらったんです」

「まぁ、そうでしたの。佐藤次郎について回れるなんてうらやましいわ。ねぇ、お兄さま」

「そうだね、なかなか体験できないことだね」

「さっき妹さんに聞いたのですが、二宮さんは、時空の研究をされていらっしゃるとか」

「あぁ、アインシュタイン博士が一九〇五年に発表した『運動している物体の電気力学』、一九一五年から一六年にかけて発表した『一般相対性理論』、およびミンコフスキー空間……」

「お兄さま」

「あっ、ごめん、興味ないよね」

「そんなことないです！」

薫は自分でも驚くほど大きな声を出してしまった。そして、思い切って訊いた。

「あの、こんな質問をしたら笑われてしまいそうですが、時空の移動、時間旅行はできると思いますか？」

「時間旅行？」隆之介の瞳が一瞬光った。

「そうです」

「僕は可能だと思うよ」隆之介は少し間を置いてから答えた。「光さえも呑み込むような時空に開いた穴が存在するらしく、それが事実だとすれば、時間方向を反転すると全てを吐き出す穴だってあると考えられる。それらの時空の穴を結ぶトンネルのような空間があれば、君のいう時空間旅行、時間旅行は十分考えられるよ」

「やっぱり」

――だとしたら、未来に戻ることだってできるはずだ。もし隆之介さんに相談できたなら、力になってもらえるかもしれない。

「時空の移動のきっかけ、つまり条件があるとすれば、それはどんなものだと考えられますか？」もし分かればそれを手がかりに二〇一五年に戻れるかもしれない。

「そうだな。はっきりとは断定できないが、僕の研究によれば、天変地異と特定の場所が関係しているのはまず間違いがないだろう」

「天変地異と特定の場所？」

「あぁ。とくに月の周期や、移動するものに係る運命的ななにかがある場所」

「運命的ななにかがある場所、か」

薫は、ボーイに勧められたオレンジジュースを無意識に手に取り、ひと口飲んだ。

「いやだわ、こんなところにも来ている」

唯が会場の隅を凝視している。

「ほんとだ」隆之介は唯の視線の先を追い、肩をすくめた。

「どうしたんですか？」

「特高よ」唯は声をひそめ、薫の耳元でささやいた。

「特高？」薫が声に出すと、唯はあわてて人差し指を口にあてた。

「特別高等警察。ほら、あの隅にいる人。あの人絶対そうだわ」

「なんでわかるの？」

「だって、だれとも話していないし、まわりを観察しているふうでしょ」

「たしかに。でも特高って、共産主義者を取り締まるんじゃなかった？」

「そう、社会主義者、共産主義者、無政府主義者、それにスパイの摘発。たぶん、ここには外国と通じている工作員を見つけに来ているか、あるいは……」隆之介は言いよどんだ。

「あるいは？」

「僕の友人で慶明大学の沖田というのがいるんだけど、彼は共青（日本共産青年同盟）に入っていて、特高に目をつけられているんだ。だから、もしかしたら僕を見張っているのかもしれない」隆之介は苦々しげに言った。

――特高といえば、たしか一九三三年に小林多喜二が捕まって死亡しているはずだ。

薫は以前『蟹工船』を読んだとき、多喜二についてネットで調べている。没年が一九三三年というのは三四年の前年なので記憶に残っていた。薫にとって一九三四年は、次郎を亡くした年として深く心に刻まれているのだ。

共産党員の多喜二は特高による拷問のため、逮捕翌日に死亡した。警察は心臓麻痺による死と発表したが、その遺体は全身が内出血でどす黒く腫れあがり、どの病院も特高を恐れ、解剖をことわったという。無残な話で忘れられない。

――一九三三年って、昭和八年。えっ、昭和八年って。

薫は改めて思い返す。わかっていても、やはり一九三三年というのは遠い昔のできごとに思えるのだ。

「今年じゃないか！」薫は思わず口に出してしまった。

「えっ、今年がどうかしたの？」唯が薫を見て、首をかしげる。

「いや、なんでもないです」薫は引きつった笑みをあわててはりつけた。

「やつらに目をつけられると大変なことになる。いわれのない誤解により、拷問されて死んだ人が何人もいるんだ」

「そうなんですか」

「ねぇ、薫さんはいつまで東京にいらっしゃるの？」

唯が話題をかえた。いつのまにか呼び方が「薫さん」に変わっている。

「次郎さんがしばらくいてもいいと言ってくれたので、もう少しいます」

「それなら、また会えますわね。そうだ、薫さん、次郎さんに紹介してくださらないこと？」

唯は人々に囲まれている次郎に視線をおくった。

薫が次郎を見ると、気づいた彼は片手を上げて微笑んだ。


三日後、薫は銀座の邦楽座に向かっていた。パーティーのあと、評判のハリウッドの映画『グランド・ホテル』を二宮兄妹と観に行くことになったのである。

映画館のまえで、水色のワンピースを着た唯が、隆之介と並んで待っていた。

次郎も来るはずだったが急用ができてしまった。

「お待たせしました」

「迷われました？」

「ちょっと」

唯の白い歯がのぞく。

二人が、薫の姿を少し不思議そうに見ている。

「さぁ、入りましょう」唯が言った。

一同は趣のあるデコラティブな館内に足を踏み入れた。座席に着くなり、

「薫君、それはなんなの？　数字が浮き上がってるじゃないか！」

隆之介が待ちきれないというように尋ねた。

「あっ、これは」

ふだんは目立つので仕舞っているが、今日は待ち合わせの時間に遅れないようにGショックをつけていて、二人に会うまえに外すのを忘れていた。

「見せてくれないか」

隆之介にへたな嘘は通じないと、薫は瞬時に覚悟をきめた。

「はい。どうぞ、これは時計です」

どう説明したものか考えながらゆっくり外し、彼の手のひらにのせた。

「これが時計⁈　いったい、どういう仕組みなんだ」

隆之介は裏返したり、顔を近づけてしげしげ見たりしている。

「どこで手に入れたの？」

「神戸にいるときに知人にもらったんです。ええと、貿易関係の仕事をしている人で、海外のものだときいてます」

「すごいな、この時計。ゼンマイじゃないし、いったいなんで動いているんだろう？」

「さぁ……わかりません」

——これ以上は突っ込まないでくれ。ソーラーだなんて言えるわけがない。

場内が暗くなり、時計は唯の手を経て戻された。


映画館を出て、薫たちは近くのレストランに入った。

「グレタ・ガルボって素敵だわ。ねぇ薫さん、そう思わないこと？」

『グランド・ホテル』は前にケーブルテレビの『オールドシネマ』で見ている。ホテルに集まる人々の人間模様が舞台劇を見ているようでおもしろかった。後に、こういう風に一つの場所に複数の人がつどい、それぞれの物語を繰り広げる手法を〝グランド・ホテル方式〟と呼ぶようになった画期的な映画だ。

「自分の趣味を押し付けてはいけないよ」

隆之介が薫をすまなそうに見る。

「お兄さまはね、霧立のぼるが好きなのよ」

唯は片手をくちびるにあてクスッと笑った。

「唯！」隆之介は赤くなりながら妹をたしなめた。

「キリタチノボル？　新派の女優ですよね」

偶然にも薫はこの名前を知っていた。母の知人に霧立のぼるの弟子だった人がいて、その話を聞いたことがあった。

「新派の女優？　ちがいますわ。宝塚少女歌劇団の娘役さんよ。とても美人で人気があってよ」

――変だな。そうか、新派に入るのはずっと後なんだ。

薫が聞いた話では、そのお弟子さんはジョン・ウェインが霧立に出したラブレターを実際に見せてもらったそうだ。封筒の表書きは「ニホンコク　ミス　ノボル　キリタチ」とだけ書かれていたという。そんなことがあるのかと興味深く思い、ネットで霧立のぼるとジョン・ウェインについて調べたのだ。

「そうでした。ちょっと勘違いしちゃったな。あっ、そうだ。隆之介さん、たしか霧立のぼるは赤いバラが好きだって雑誌で読んだことがありますよ。いちどプレゼントしたらいいかもしれません」

霧立のぼるは「私が死んだら真っ赤なバラを一輪お墓に手向けておくれ」と、言い残したという。

「へぇ、はじめて聞いたな。薫君、よく知っているね」

「薫さんはどなたがお好きなの？」

唯がいたずらっぽい目をする。

「僕は……」この時代のスターがだれなのか見当もつかない。

「とくにいません」

「そうですの」唯はつまらなそうに言い、厨房の方に視線を移した。

三人が注文したライスオムレツが運ばれてきた。

「おいしそう」唯が香ばしいバターの香りに目を細め、鼻先を上げる。

「あれ？」

「うん、薫君どうかした？」

「あっいや、卵で包まれていないから」

テーブルに置かれたライスオムレツは、見た目がチャーハンのような炒めご飯にケチャップがかかっている。

「卵で包まれていない？　なにが？」

「ケチャップライスを卵で包んでいないオムライスって珍しいな、って」

「ケチャップライス？　カチャップのことかしら？」

「カチャップ……？」

唯はケチャップをスプーンですくってみせた。

「あぁカチャップか」

「私もお兄さまもカチャップが大好きなの。はるが三越の食品部で、瓶詰めのカチャップを買ってくるのよ」

「はるはうちのお手伝いです」隆之介が付け足した。

「はぁ」

——ケチャップは三越に行かないと手に入らないのか。

「薫君のいう卵で包まれたライスオムレツの方が珍しいよ。それをオムライスというのかな？僕はまだ見たことがない。君はどこで食べたの？　神戸で？」

「神戸？　そう、そうです、神戸の洋食屋です」

薫は不都合なことを訊かれると、とりあえず神戸を持ち出すことにしている。

「うまい！」ケチャップのトマトの味が濃い。玉ねぎと卵とひき肉のシンプルな炒めご飯によく合っている。

「よかったわ」二人は嬉しそうに顔を見合わせている。

「その背負子みたいな袋は、何で出来ているの？」

隆之介が薫のバックパックを見ている。

「これですか?」そう言って、戸惑いを感じつつも、薫はバックパックを隆之介に渡した。

——ナイロンはこの時代にはまだないはずだ。

「さぁ、なんでしょうか。これも貰い物なんで、知らないんです」

「君のその上着、それと運動靴と同じ素材のようだね」

隆之介はバックパックを片手で持ち上げたり、下ろしたりしている。

「はい。もしかしたらナイロンとかいうやつかもしれないです」

魔が差したのだろうか。突然、薫は隆之介にナイロンのことを教えたくなった。

「ないろん?」

「そう聞いたと思います」

「ないろんか。知らなかったな。軽いし、雨にも強そうだね。やはり外国はすごいな。それにしても薫君は珍しいものをたくさん持っているね」

「そうよ、その上着やズボンだって」

薫は次郎にもらった上着とズボンをうっかり汚してしまい、しかたなくダウンとジーパンを身に着けていた。

「僕たちは結構新しいものを知ってるほうなんだけど、君が身に着けているものは初めて見るものばかりだ」

「そうですか。じつは……僕は未来からやって来たんです」

「なんだって⁉」と隆之介が言い、「えぇ⁉」と唯が叫んだのが同時だった。

「冗談ですよ」薫はあわてて笑顔をつくった。

「あぁ、びっくりしたわ」

「なんだぁ、一瞬本当かと思ったよ」

二人とも、目の前で手品でも見せられたような顔をしている。

実のところ、薫はこの二人にならば全てを話してもいいと思っていた。いや、話したかった。最近は自分が未来人であることを秘密にしているのが、かなり重荷になってきて、だれかに打ち明けたい欲求が日増しに強くなっていた。

レストランを出て石畳の歩道に立つと、街路樹の柳が風に吹かれ、たおやかに揺れている。

「いやだわ。あそこにいるの、大森ホテルにいた特高じゃないこと？」

唯が通りの向こうを目で示した。

帽子を目深にかぶりグレーのスーツを着て、薫たちの方を見ている男がいた。ここからだと顔はよくわからないが、痩せており、身長は一六五センチくらいだろうか。

「今度上京なさるのは、いつ？」

「さぁ、どうかな。次郎さん次第なので」

「そう。せっかくお友達になれたのに、ねぇお兄さま」

「あぁ。でも、きっとまた会う機会もあるよ」

「はい。きっとまた」

「そうだわ、帝国ホテルのクリスマスパーティーにはいらっしゃる？」

「僕は、たぶん無理じゃないかな。夏保の家は年末はとくに忙しいだろうから」

「そうですの、残念だわ。御木本さんが開く帝国のパーティーは、テニス界のスターたちが集まるので有名なのよ」

御木本隆三は、テニス選手をはじめとする外国人を交じえた友人ら三十名ほどを、毎年イヴに帝国ホテルに招き、彼曰くところの〝ホームパーティー〟を主催していた。

「そのようですね」

「ご存じ？」

「えぇ」本で読んだことがあった。

「薫さん、お手紙くださいね」

「手紙？　あっ、手紙。わかりました」

年賀状も出さない薫は、手書きでハガキや、手紙を書くことなど皆無に近い。自分がずっとメールをしていないことを思い出し、こうした違いに、過去にいることを改めて実感した。


翌日、薫はひとり夏保に戻った。

一週間も経たないうちに、唯から手紙が届いた。内容は友人のことや日常の出来事である。その後も、唯はハガキか封書で便りをよこした。薫も何度かハガキでこちらの様子を伝えた。特別なことはないが、子供たちや周囲の人たちとのかかわりの中の出来事を、ややデフォルメして書いた。

【第三章】　軋轢

「まったく佐藤にもあきれたもんだ、帰朝の翌日に理事に泣きつくとは」

日本庭球協会会長の堀口正恒は、帰朝直後、針重敬喜理事に健康状態について相談をした佐藤次郎に腹を立てていた。

「で、木原君、診断結果はどうだったんだ？　今日分かったはずだが」

「順天堂大学病院による総合的な診断結果は疲労困憊、神経衰弱、軽度の精神障害で、休養を要するとのことです」

「軽度の精神障害？　つまり大したことはないということだな、デ杯準決勝も負けたくせに甘えたことを言いおって」

「その通りです。佐藤ときたら、ウィンブルドンでファイナリストになったって何の意味もない。デ杯で勝たねば選手としての価値などないんですよ。本来なら、デ杯だって簡単に決勝進出できたものを」

協会事務局主事の木原圭之助は、堀口に迎合するように言った。

昭和八年の日本は、欧米列強との対立が深まり、軍事路線に舵を切っていた。

そのため、デ杯は国威発揚の場としてグランドスラム以上に重要視されていた。いくらウィンブルドンで好成績をあげても、デ杯で勝てなければ許されなかったのである。木原は前年の昭和七年七月、ロンドンに渡った佐藤次郎に、怒りの手紙を送っていた。

協会として満天下のフワンに対して最も希望をつないでいた、今年のデ杯、しかも伊太利への復仇に対して、モンプルゴなき今年の伊太利は最もチャンスではなかったかと思われていたのでした。然にも拘らず貴下の二敗による再敗は、何と云ってもみんなの諦めかねる所で、我々の仲間、ポプラの人々は全く沈み切った不愉快さを味わいました（中略）ウィンブルドンの成績がよかった丈に尚更に苦杯をなめました。個人の成績はよくても、こうした対国家の試合は如何に日本を落胆させたか、いろんな事を云われても全く今度は弁解の余地がありません（中略）オースチン、パルミエリ、何れの試合のスコアを見ても簡単な自殺に終わっている（中略）願わくば帰朝前よく自らを反省されて、貴君の欠点を充分研究されて、如何にすれば、其れを除去しうるか、根本的の大決心を持たれんことを希望します。技術としてより、もっと精神的な方面への反省を持たれたいのです。対英の問題に没頭して、グリーンにのみ慣れ、クレーコートと暑さと伊太利の強味を呑んでかかったのならば、実に醜態です（中略）協会も今年対英戦を予想してその収入から来年への計画も立てて居たのですが、今度の一敗の為、収入がどれだけあるか、現在の協会の資力をもってしては来年度のデ杯参加に一大暗影を投じたことになりました。

「休養、休養というが船のなかで休養なんぞ十分とれただろうに」

興奮した堀口は肩を震わせた。

「おっしゃる通りです」

「今夜、少し灸をすえんといかんな」

「ぜひ、そうしましょう」

その夜、都内で日本庭球協会によるデ杯日本代表チーム歓迎会が開かれた。

「それでは会長からご挨拶を賜ります」

正面のテーブルにいた堀口正恒は、憮然とした表情で立ち上がった。

「会長の堀口です。今回のデ杯は本来勝てる試合だったにもかかわらず安易に負け、準決勝敗退というぶざまな結果に終わってしまった。私達は今、三人の道楽息子をいやいや迎えているのではないのである。仕送りもろくろくできなかったのに各地に転々して、あっぱれ後援以上の成績を勝ち獲て、しかも心身へとへとになって故国に帰ってきた名誉ある誇るべき勇士を迎えているのである。私達はむしろ彼らに安らかな休養を与え、そうして来春は捲土重来の意気をもって、世界制覇の壮途に再びのぼってもらいたいのだ。それでは私は先約があるので失礼する」

堀口は、隣で羞恥のあまり顔を伏せている次郎に冷ややかな視線を送ると、大きな音をたてて椅子をテーブルに戻し、退室した。

この様子を見て薄笑いをうかべていた木原主事も後に続いた。その二人をあわてて追いかけた人物がいた。元デ杯選手、清水善造庭球協会関西支部長である。関西支部長は本部役員も兼務していた。

「会長、ちょっと待ってください」

清水の声に堀口は足を止めた。

「会長、大役を終えた選手たちに対して、今のはあまりの言葉ではないですか」

「清水君、なにを言っとるのかね。彼らは我々の期待に半分も応えてないじゃないか。だいたい決勝戦に出れば、興行収入もたくさん入っただろうに。それを簡単に準決勝敗退するとはなにごとだ」

日本庭球協会は、日本チームがイタリアに勝ちイギリスとの決勝に進み、その興行収入を日本に送金してくれると目算していたのである。

さらに協会はウィンブルドン大会の記録フィルムを購入し、このフィルムの日本上映の際は広告を入れるのでスラセンジャー、ダンロップなどの運動用具製造会社と交渉し、広告料金千円程度を支払ってもらうようにせよ、と佐藤次郎に指示していた。

清水は背広の内ポケットから手帳を出し、パラパラとページをくり、読み上げた。

「デ杯収入、昭和三年度無し。四年度は七百三十四円、五年度無し。佐藤次郎が加わった六年度は二千八百三十九円、七年度は五千六百十六円、今年八年度においては一万三千四百十八円を協会にもたらしているんですよ。佐藤はデ杯収入を五千倍、一万倍にしたんです！」

「そうは言っても、知ってのとおり協会の財政はいまだ厳しいんだ。このままでは協会の存続にかかわる。日本庭球協会を担っている会長や私の立場では、そんな呑気なことは言っておれんのだよ。彼らにはしっかり稼いでもらわんといかんのです」木原が口を挟んだ。

「選手は機械じゃない！　それに、佐藤は体調を崩して休養が必要なのに、帰朝翌日にデ杯出場選手歓迎試合、翌々日から東西学生対抗戦、その後に全日本選手権と全く休みなしです。このままでは彼は潰れてしまいます」

堀口が清水を睨め付けた。

「君は、自分がデ杯選手だったせいか、佐藤にずいぶんと好意的だな。ともかく、彼らには決勝進出が果たせなかった分、日本にいるあいだはでき得る限り試合をこなし、興行収入を捻出してもらわねばならんのだ」

「ならば、せめて佐藤は当分外すべきです」

次郎が神経衰弱を発症したのは帰国直前ではなく、もっと前、転戦中のことである。彼はウィンブルドンでは体調がすこぶる良かったが、デ杯準決勝では一転、デ杯病といわれる神経性下痢症が続いていた。

「佐藤を外せるわけがないじゃないか。観客は世界ランキング三位の佐藤次郎が見たいんだ」

「そんなことをしたら佐藤は壊れてしまいます」

「悪いが私は時間がないので失礼するよ」

そう言って堀口は踵を返したが、振り向き清水を見ると、ため息混じりに再び口を開いた。

「支部長、我々も鬼ではない。ほんとうだったら、私や木原君だって選手たちにはたっぷり休んでもらいたいんだ。だが、協会の傾いた財政を立て直すのは佐藤のいる今しかないのだよ。多少具合が悪くても試合に出る、それが選ばれし者の使命、義務というものじゃあないかね」

堀口を追うのを遮るように、木原が清水の前に立ちはだかった。

【第四章】　次郎の恋人

十二月に入ると、佐藤家の使用人たちは母家と離れの大掃除や、神社の掃除、松飾作りや餅つきなど正月に備えてにわかに忙しくなった。

松岡譲が主宰する『テニスファン』というテニス専門誌が、実家での佐藤次郎の様子を取材に来ることになった。記者はテニス選手の岡田早苗だ。早苗はこのとき二十歳、全日本女子シングルス、ダブルスともにナンバー2で、その可愛らしい容姿から庭球界の名花と謳われていた。

その日、次郎は大阪へ行ってあいにく留守だった。面識のあった登世子が「私が早苗さんをお迎えに行きます」と真っ赤なコートに狐の襟巻を巻き、ハイヤーで渋川の駅に向かった。二時間ほどして車の排気音が響き、冠木門から二人が家に入ってきた。

流行りのコートに身を包んだ早苗は、日本人形のような顔立ちながら、時代の先端をゆく都会的な雰囲気もあわせ持った女性であった。

「お姉さまぁ、早苗さんがいらしゃいましたよ」

登世子は玄関に立つと、家の中に向かって大きな声で義姉のかつ子（薫にとっては曾祖母にあたる）を呼んだ。奥からしっかり化粧をしたかつ子が出てきた。

「まぁまぁ、こんな田舎にようこそいらっしゃいました」

「はじめまして、私『テニスファン』の岡田早苗と申します。今日はよろしくお願い致します」

「さあどうぞ、お上がりください」

「早苗さん、こちらにいらして」

登世子は早苗の手を取って応接間へ案内した。

早苗は椅子に掛け、ゆっくりあたりを見まわしながら、「このお部屋はとてもモダンですのね」と言った。ピアノや籐の家具、電気蓄音機がある応接間が、古い日本家屋の外観と対照的で、不思議な感じがしたのは、住んでいる人たちがみな若いせいだと早苗は納得した。

忍もかつ子について部屋に入っていったが、お茶と菓子を運んできたお手伝いに連れ出された。登世子は先月、大森のコートで早苗と会ったばかりで話がはずむらしく、ときおり庭まで楽しそうな笑い声が聞こえてくる。

しばらくして知人の葬式に行っていた太郎が帰宅し、モーニング姿のまま歓談に参加した。

薫は裏庭にまわり、応接間の窓の脇に立ち、なかの様子を窺った。

「私、次郎さんにはいろいろあちら（海外）のお話を伺ったり、このあいだの明治神宮大会女子シングルスのファイナルで、私と林さんが早大のコートで対したとき、あんなに偉い方が、私のためにボールボーイをして下さったお礼を申し上げたいと思ってましたの。今日はいらっしゃらなくて、とても残念です。でもお家の方々に、次郎さんのお話をたくさん聞いて帰りたいと思います」

「次郎兄さまも、早苗さんがいらっしゃるのをとても楽しみにしてましたのよ。お会いできなくて、本当に悔しがってましたわ」

「次郎さんがテニスを始めたのは、やはりお兄さまの影響ですか?」

「次郎が初めてラケットを手にしたのは小学校五年の頃で、当時テニスは僕の方が熱心でしたね。スポーツはなんでも兄弟お互いに好敵手で、ランニングや水泳などいつも競争していました。テニスの対校試合で、前橋中学ナンバーワンの私の組と渋川中学ナンバーワンの次郎の組がダブルスをやったこともありましたよ」

太郎は目を細めた。

「まぁ、それでどちらがお勝ちになりましたの?」

「私の組が勝ちました。学校とは関係なく、私と次郎はよく組んでテニスの大会に出場していました」

「だったら、いつも優勝されてたんじゃないですか?」

「優勝もありましたが、忘れられないのは、二人で組んで富岡へ遠征したときのことですね。5ゲームのマッチに2ゲームを先取し、しかもスコアは3－0でリードし、あと1ポイント取れば勝てるという際に、なんとしたことか相手にするすると挽回されて負けたときは、二人とも家に帰るまで一言も口をききませんでした」

「お母さまは次郎さんのこと、さぞかしご自慢でいらしたのでしょう？」

「母は、次郎が大学に入学した当時は『次郎は東京で人一倍お金を使って、学校へもろくに行かないようでは堕落するのではないのか』といつも心配していて、私がなだめて弟のためにいろいろと工面していました。それでも、次郎が段々有名になって、新聞に名前や戦績の批評が出たりするようになると、私の留守に来た客に得意になって自慢して、そこへ私が帰ってくると母は私の手前、ずいぶん気恥ずかしそうにしていましたよ。新聞の批評に『ヴォレー』や『スマッシュ』という言葉があると、それを人に一生懸命説明するんですが、聞き手はもちろん話す方もあまりよく解っていないようすでした」

みな太郎の話に笑い声を上げた。話は途切れることがなかった。

「昭和四年の十月、母が亡くなったとき、次郎は大阪でのフランス選手との対抗試合の日が、丁度葬式の日と重なったため、大阪へ行くか葬儀に参列すべきかずいぶん迷いました。でも、話し合って、母が応援してくれたテニスを生かそうと、大阪行きを決行したのです」

「そうでしたの。それはどんなにかお辛かったでしょうに。きっとお母様は応援されていたと思いますわ」

「ねぇ早苗さん、太郎兄さまはね、東京での次郎兄さまの試合は全部観ているのよ」

「全部？　すごいですわ」

「それでね、次郎が自分を見つけたら硬くなりはしないかって、人の背後に隠れて、汗がにじみ出るほど強く手を握りしめているの。太郎兄さまったら、それはもう次郎兄さまの打つ一球一球に全神経を集中して、エースの喜びようは大変なもので、エラーにはため息をついてしまうの。その様子は、隣で見ていてもほんと、笑ってしまうくらいなのよ」

　登世子が得意げに言った。

「いや、感情を抑えて平生を装わなければならないのは全く辛い。だいたい、日本人が感情を表に出さないのを美徳としているのは、おかしな話です」

　太郎の困ったような声が聞こえる。

「次郎兄さまは家ではとても真面目なの。暇があれば庭の草をむしったり、蜘蛛の巣を取ったり、どうかすると太郎兄さまの靴を磨くようなこともあるのよ」

「外国から帰って来る度に、なんだか性格が変わっているようなんですよ」

「そうねぇ。気まぐれで、陽気になるととても騒ぐけど、黙りこむといつまでも口をきかないのよ」

——それって典型的な躁うつ病の症状じゃないのか。この時代はおそらくうつ病もほとんど認知されていないんだろう。病気としての認識がないから、病気だと思われない。

「海外遠征は御苦労が多いですから、お疲れなのでしょう。来年もデ杯に出場なさるおつもりなのでしょうか？」

早苗の問いに、数秒間沈黙が支配した。

「まだはっきりと決まってませんが、親戚の者の意見もあり、本人もまずは本科二年の早稲田を卒業したいと言っています」

その時、誰かの足音がしたので、薫は慌ててその場を立ち去った。

帝国ホテルのクリスマスパーティー

十二月も半ばを過ぎたころ、早朝、薫が神社の掃除を終えて帰ると、お手伝いのひとりに呼び止められた。

「薫さん、さっきから旦那さまがお呼びですよ。早く行ってくださいな」

「分かった、ありがとう」

急いで母屋に行くと、太郎が待っていた。

「すみません、遅くなりました」

「次郎が、薫君をしばらく貸してほしいと言ってきた。すぐに上京して、次郎についてやってくれ」

「今からですか。でも、これから年末で忙しくなるのに」

「こっちはなんとかなるさ。次郎が日本にいるときくらい、あれの好きにさせてやりたいんだよ」

「では、行かせていただきます」

太郎のうれしそうな様子を見て、薫は思った。家長となってから、次郎に尽くすことは、この人の大きな生きがいであり責任なのだ、と。

薫は急ぎ荷物をまとめ、太郎の運転するハーレーで渋川駅まで送ってもらい、東京に着くと御木本邸に直行した。

突然の薫の来訪に、次郎は驚いたようだ。

「薫君、よく来たね。僕はきのう兄貴に電話したんだけど。ずいぶんと早かったなぁ」

「今朝、太郎さんからすぐに上京するように言われたんです」

「そうか。じつは先日、守谷伯爵の家で、偶然二宮君たちに会ったんだ。そのとき、唯さんに

『薫さんをぜひ帝国ホテルのクリスマスパーティーに連れてきてほしい』と頼まれてね」

「唯さんが?」

「あぁ。僕を見るなり、『御木本さんのクリスマスパーティーに、薫さんはいらっしゃるのですか?』って。で、『薫は来ません』って言ったら、すごくがっかりした様子で『なんとか出席はできませんか』って真剣に言うんだ」

「そうでしたか」

「薫君と唯さん、なんだかお似合いだね」次郎は白い歯を見せた。

「そんな、僕はまだ彼女のことよく知らないし……」

「よく知ってるから好きになるってもんでもないさ」

「それは、まぁそうですけど」

薫は自分でも気づかなかった気持ちを言い当てられたようで、動揺した。

扉が開いて、藤色の洋装の上品な女性が入ってきた。御木本夫人である。

「こんばんは。またごやっかいになります。よろしくお願いします」

「薫さんね、よくいらっしゃいました。お部屋はこの前と同じ、次郎さんのお隣のゲストルームをお使いになってね。あいにく主人は留守にしておりますが、我が家だと思っておくつろぎください」

「ありがとうございます」

「なにかあったら、遠慮なくお手伝いに申しつけてくださいな」

「あっ、大丈夫です」

「大丈夫?」

――この時代は、こういうときに大丈夫って言わないのかもしれない。

「ご丁寧に、ありがとうございます。大変助かります」あわてて言い直した。

この家に来るのは二度目だが、桁違いの豪邸で、いまだに緊張してしまう。

「それにしても、薫さんはとてもあか抜けていらっしゃるわ。外国風というわけではないけれど、なにかが違っていらっしゃるわね」

夫人は薫をじっと見て、やさしく微笑んだ。

「良かったな。薫君」次郎が含み笑いをしている。

ゲストルームに荷物をおろしてベッドに横になり、薫は唯のことを思った。

十二月二十四日。薫は上京してから、この日を心待ちにしていた。

――このクリスマスパーティーをきっかけに、次郎さんは早苗さんと交際を始め、婚約をするんだ。そんな重要な場に立ち会えるなんて。

薫はずっと夢のなかにいるような気がしていた。パーティー用のタキシードは次郎に借りた。次郎と背格好がほぼ同じなのでぴったりだった。

薫たちは運転手付きの御木本隆三の車に同乗し、帝国ホテルに向かった。

なんとも晴れがましい気分なのだが、どういうわけか薫は頭の隅にわずかな違和感があった。いったいこの釈然としない感覚は何なのか、車に乗ってからもずっと考えていた。

昨日皇太子明仁親王が誕生し、皇居の周辺はお祝いの人々であふれている。

帝国ホテルに着き、薫はそのすばらしさに息を呑んだ。高校生のときに見た、明治村に移築された旧帝国ホテルの建物は、ほんとうにごく一部だったのだ。フランク・ロイド・ライトが設計した彫刻の施された大谷石と、レンガの織り成す一級の工芸品のような外観。その圧倒的な大きさ。竣工から十年が経ち、輝きの中に落ち着きがある。

車が玄関に着きボーイがドアを開けると、多くの従業員が両側に並び、たちまち道ができた。隆三が歩むほどに従業員らが順におじぎをしていく。まるで波のようである。

いちばん後ろをついて行く薫は、まったく場違いな感じで、いまにも足がもつれそうだ。

歩きながら（あっ）と思った。

少し前から感じていた違和感――その正体に突然気づいたのだ。

薫の記憶に間違いがなければ、隆三は流感にかかり、発熱のために今日は欠席したはずだった。以前読んだ次郎について書かれた本に、そう記載されていたのを思い出した。

――なぜなんだ？　そういえば、昨夜、隆三氏が遠方への出張をキャンセルしていたと次郎さんが話していたな。もしかしたら僕がタイムスリップしたことで、歴史にずれが生じたのかもしれない。

会場はシャンデリアの柔らかなあたたかい光と、生けられた花々で彩られていた。

入口に立った薫は、目のまえの風景が映画の一場面のような、懐かしい不思議な感覚にとらわれた。

「薫さん、来られたのね！」

唯が現れた。

「君のおかげで来ることができたよ、ありがとう」

赤いサテンのドレスを着て真珠のネックレスを着けた唯は、いつもよりもずっと大人っぽく、きれいだ。

「そうだわ」

唯はテーブルの花の中からマーガレットを一輪抜き、薫の胸ポケットに挿した。

「これで完璧！」

「ちょっと恥ずかしいな」

すでにタキシードを着た時点で舞い上がっていた薫は、一層落ち着かなくなった。

「あら、どうして。それに、ほら」

唯が示した先には、真赤なバラを胸ポケットに挿した次郎がいた。

「ねっ」

「たしかに」

「次郎さんておしゃれですわね」唯はウィンクして言った。

たくさんの人が次郎のまわりに集まっていた。次郎はときどき誰かを探しているように、会場を見渡している。

「そうだね。唯さん、隆之介さんは？」

「兄はあそこに」

隆之介は布井選手とともに、何人かの若い女性に囲まれていた。

「ずいぶんもてていますね」

「ふふ、布井さんがいらっしゃるからですわ」

「そうとも言えないかもしれませんよ」

「あら。そうそう。このあいだ、兄ったら、劇場の楽屋口で、霧立のぼるにバラの花束を差し上げたのよ」

「へぇ、バラを」

「えぇ。で、とっても喜ばれたって、はしゃいでいましたわ」

唯は可笑しくてたまらないというように、片手を口元にあてた。

「それはよかった」

「薫さん、お腹すいていない？」

「そうだな、なにか食べよう」

「ここはローストビーフがとてもおいしくてよ」

薫は彼女について行き、ローストビーフを切り分けているシェフに、「大盛りでお願いします」と、ちょっと軽口を言った。

唯は『まぁ』とくちびるを動かしてクスクス笑っている。

目を大きくして薫を見たシェフは、「かしこまりました」と口角を上げた。

そのあとも、薫は目に付いた料理やケーキを片っ端から食べた。唯がいちいち驚いて、おもしろがったせいかもしれない。

見回すと、奥に設置されたソファに、次郎と並んで座っている早苗がいた。薄紅色のドレスをまとったその姿は、春の花を思わせた。

先日、夏保の家に取材にきた早苗は、家の人々の話をしているのだろうか。それとも外国の話か、共通の友人の話でもしているのか。時折ふたりで大笑いをしている。こんなにうれしそうな次郎を、薫ははじめて見た。同時に、この光景は薫の胸を締めつけた。

──なぜなんだ。なぜ、この二人は引き裂かれなくてはならないんだ。

すべてを分かっていても、現実に彼らを見ていると、この思いが大きな音をたて心の中で渦を巻く。一瞬、涙腺がゆるんでしまった。

「やぁ、薫君。あれ、どうかした？」

「隆之介さん、お久しぶりです」薫はあわてて目にごみが入ったふりをした。

「君が来てくれて助かったよ」

「えっ？」

「いや、唯が『薫さん、いらっしゃるかしら？』って何度も言うからさ」

「お兄さまったら、ひどい。でも私も、お兄さまが霧立のぼるにバラを差し上げたことを、薫さんに言ってしまいましたわ」

「唯！」

「まぁまぁ。コーヒーでも飲みませんか」

ちょうどトレイにコーヒーを載せたボーイが通りかかったので、三人分をテーブルに置いてもらった。

「すごく喜んでくれたんだ、赤いバラの花。君のおかげだね、ありがとう」

隆之介が照れくさそうに頭をかいた。

パーティーが終わりに近づき、次郎が薫を見つけて言った。

「僕は早苗さんを送って行くから、薫君、わるいけど先に帰ってくれないか」

「わかりました。お気をつけて」

次郎は二本の指で軽く敬礼をし、笑った。

*

唯は新調した紫色の外套をはおり、姿見の前に立ってポーズをとった。

——この色、似合っているかしら。薫さん、気に入ってくれるといいんだけれど。

髪を整え、お気に入りのすみれの刺繍の付いたバッグを持ち、玄関を飛びだした。

上野駅に着き待合室に向かっていくと、自然と足が早まる。

——薫さんだわ！

佇む薫を見つけ、かけて行く。

「唯さん」

薫の微笑む顔を見ると、唯は胸がいっぱいになった。

「わざわざ来てくれたんだね。ありがとう」

「ううん、私が来たかったんですもの。ご迷惑じゃなくって？」

「迷惑だなんて、僕はうれしいよ」

「ほんとう？」

薫はそっと頷き、ホームの方へいざなった。

二人は昨夜のパーティーでのあれこれを話しながら、これ以上ないほどゆっくりと歩いた。

ホームの手前の柱の陰で、時間の許すまで一緒にいた。

発車の電鈴が響き渡ると、「じゃあ、またいつか」薫がステップに片足をかけた。

「いつかなんて……。お手紙をくださいね。私、たくさん書きますから」

これが最後だとは思わないが、なぜかそう遠くない日に、永遠の別れが来る、そんな予感が唯を襲った。

「わかった、必ず書くよ。唯さん、身体に気をつけてください」

「薫さんも」

「さようなら」

「すぐにまた、お目にかかれますように」

「うん、きっと」

薫を乗せた列車が視界から消え去るまで見送ると、唯はハンカチで目元を拭い、前を向いて歩き出した。

次郎の婚約

昭和九年一月。

次郎は早々に有楽町の日本劇場に到着した。開場して一ヶ月足らずのこの白亜の殿堂は「陸の龍宮」と呼ばれ、世界で四番目、東洋では一番の大きさを誇っている。

チケットを買い、しばらく入口で待っていると、約束の時間の十分まえになった。通りの向こうから、丸襟のワンピース姿の早苗が走ってやってくる。

「ごめんなさい、お待ちになりました?」

「いや、僕もいま来たところです」

早苗はいくぶん申し訳なさそうに笑って頷いた。

館内はアールデコ調に装飾され、赤い絨毯に早苗の真っ白なパンプスが映えて、あたかも龍宮城の姫君のようである。

「さあちゃんもきっと気に入ると思うよ」

「楽しみですわ。次郎さんは、もうあちらで『街の灯』はご覧になったのでしょう」

「本人にも会いましたよ」

「えっ、チャップリンに⁉」

「ハリウッドの俳優たちがパーティーを開いてくれたんですよ」

「すごいわ、チャップリンが次郎さんのためにパーティーを！」

「僕だけのためじゃないけれど」

目を見開いて見つめる早苗に、次郎は胸がときめいた。

「まぁ、なんて広いんでしょう！」

「ほんとだ、ずいぶんと大きいなぁ。これほどの劇場は世界にだっていくつもないね」

中央の座席につき、シャンデリアが光を落とし暗くなるのを待つ。曲とともにスクリーンに映像が映し出される。次郎は肘掛けに乗せられた早苗の左手に、自分の右手をそっと重ねた。

二人は映画館を出ると、夕暮れの銀座通りを八丁目の方へ歩きはじめた。資生堂パーラーに入り、一階のテーブルに着く。

「さあちゃん、好きなものを注文して」

「次郎さんは何になさるの？」

「僕は、そうだな、人気のミートクロケットにするよ」

「じゃぁ、私はマカロニグラタンにしますわ」

資生堂パーラーは二階建てで吹き抜けになっていて、天井が高く、一階から見上げるオーケストラボックスがいかにも西洋風である。

「ここは外国のお店のようですわね」

注文を取ったボーイが去ると、早苗は店内を見渡しささやいた。

「パリによく似たカフェがあったな」

「そうですの」

「いつか二人で行こうね」

「えっ、ほんとうに⁉　約束ですよ！」

「うん、約束するよ」

「ママったら、『早苗はクリスマスパーティーからお出かけが過ぎるわね。でも次郎さんと一緒なら安心だわ。あの方は紳士ですもの』ですって」

「たしかにダンスホールに行ったり、テニスをしたり、さあちゃんを振り回したね」

「振り回したなんて、そんな。私、とても愉しかったですわ」

料理が運ばれ、やがて食後のコーヒーになった。

「さあちゃん、お願いがあるんだ」

「なんですの？」急にあらたまった次郎に、早苗は少し緊張した。

「僕と結婚してください」

「えっ」

「僕はさあちゃんと結婚したい。ずっと、ずっと一緒にいてほしいんだ」

早苗は突然の告白に少しのあいだ言葉を失った。けれども、額に大粒の汗をうかべている次郎を見て、自然と唇が動いた。

「はい」

次郎がテーブルをたたいて万歳をすると、店内の客は皆一斉に二人に視線を向けた。

早苗はあわてて右手を口元にあて、真っ赤になってうつむいた。次郎も頭をかきながら何度もまわりに頭を下げた。


数日後。次郎は、ほとんど眠れずに朝を迎えた。鏡のまえで髪をとかし、昨夜から練習してきた台詞を、小さな声でくりかえし呟いてみる。布がすりきれそうになるほど靴を磨き、覚悟をきめて御木本邸を出た。早く着きすぎたので約束の時間になるまで、岡田家の周辺をぐるぐると歩いた。

「ごめんくださぃ」

岡田家の玄関に立ち声をかけた。すぐに扉が開いた。

「いらっしゃい、お待ちしておりましたわ」

出迎えた早苗は少し微笑み、ささやくように言った。

応接間に通され、ソファに掛けた。

「ちょっと待っていらしてね、いま父を呼んできます」

何度も来ているのに、今日ばかりは居心地が悪い。待っている数分がとても長く感じる。

「次郎君、いらっしゃい」

入ってきた早苗の父、岡田三枝の表情にもやや緊張の色が見え、いつもの親しみやすさが薄らいでみえる。

次郎はすぐに立ち上がった。三枝は手で座るよう示した。

「お父さん、どうか僕に早苗さんをください」

次郎は直立したままはっきりと大きな声で言い、頭を下げた。

「やはりその話でしたか。まぁ、顔を上げて」

三枝は腰を下ろし、再び次郎に着席を促した。

「早苗から『今日は次郎君から大事な話がある』と聞いて、ひょっとしてこんなことじゃないかと思っていました」

「はい……」

「僕はね、君という人間を理解しているつもりです。君はだれよりも正直で、誠実な人だ」

青ざめていた次郎の頬に、かすかに色がさした。

「だがね、次郎君。なんといっても君はまだ学生だ。いくら良い人間だからといえども、結婚は無理だ」三枝は静かに溜め息をついた。

「来年、僕は必ず大学を卒業します。そして必ず就職もします。ですからそのときは、どうか、結婚を許してください」

三枝はお茶を運んできた妻と目を合わせた。妻が頷いた。

「まぁ、今は無理だが、婚約という形なら承諾しよう。結婚は、とにかく卒業してからだな」

「ありがとうございます！　僕は、早苗さんを必ず幸せにします！」

胸に手を当て安堵の表情を浮かべる早苗を見て、次郎はこの幸福を決して手放すまいと心に誓った。

【第五章】　デ杯出場決定

昭和九年一月十九日、日本庭球協会は本年度デ杯推薦選手六人を発表した。

四回目の佐藤次郎、二回目の布井良助、初出場の西村秀雄、山岸二郎、藤倉二郎とノン・プレイング・キャプテン兼マネジャーの三木龍喜、の六名である。

次郎のもとにデ杯出場決定を知らせる電報が届いた。

婚約の報告のため帰郷中だった次郎は、

「兄さん、話があるんだ。ちょっと来てくれないか」

「あぁ、分かった」

太郎を人払いのできる応接室にさそった。

「どうした？」

障子を締め切り、大きな籐製の椅子に座るなり、次郎は切り出した。

「やはり選出されてしまったんだ、デビスカップに」

「……そうか」太郎はため息とともに、椅子にもたれた。

「僕は行かない、絶対に。行きたくないんだ。デ杯に行ったら卒業さえできなくなる。それにこの体調では、勝てる見込みなんてまったくないんだ」

太郎はいつになく哀訴する弟の姿に、その心の闇の、とてつもない深さを感じた。

「当たり前だ。デ杯などに出ていたら、卒業できん。卒業せぬ者が就職などできようはずもない。ましてや結婚など百年河清を俟つに等しい」

「兄さんの言うとおりだよ。僕は来年、なんとしても早苗さんと結婚したい。いや、結婚する。約束したんだ！　だからデ杯に出場するわけには絶対にいかない」

「ならば、早く協会に断った方がいいだろう」

「すぐに辞退届を出すよ」

「あぁ、それが良かろう」

次郎の顔から、僅(わず)かだがこわばりが消えた。

廊下ですれちがった薫は、うれしそうに婚約の報告をしていた昨日までとは別人のような次郎の表情に、ついに戦端が開かれたことを悟った。

翌日、次郎は健康上の問題や、卒業に向け学業に専念することをしたためた辞退届を、日本庭球協会宛に投函した。辞退届を出してもすんなり受理されるか、不安がよぎる。

そして次郎は思い切った行動に出る。

——婚約発表をすれば！　そうだ、婚約発表をすれば協会だって無理強いはできないだろう。

数日後、次郎は大阪にいた。

海外遠征中に懇意になった安宅英一に会うために、安宅商会を訪れたのである。

英一は安宅商会創業者、安宅弥吉の長男で、安宅商会に入って十年目、三十三歳であった。

安宅商会は安宅産業の前身で、戦前から戦後にかけ官営八幡製鐵所の指定問屋四社（三井物産、三菱商事、岩井商店、安宅産業）の一社となり、十大総合商社の一角を担う大企業であった。

ロンドン滞在時には、多くの日本代表テニス選手が英一の世話になっていた。次郎もそのひとりだった。

「次郎君、ひさしぶりだね。どうだい調子は？」

英一は次郎の顔を見ると、なつかしそうに微笑んだ。

「はい、体調は万全ではありませんが……。今日は、安宅さんにたってのお願いがあって参りました」次郎はいきなり本題を切り出した。

「珍しいね、君が頼みごととは」

英一は意外そうに、口元を緩ませ足を組んだ。

「じつは僕、岡田早苗さんと婚約しました」

「ほう、早苗さんと！」

「はい」

「十月に帰国したばかりでもう婚約とは、驚いたな。ずいぶん急だね。いや、おめでとう」

「ありがとうございます」次郎は頬を紅潮させ言葉をつづけた。

「それで来年は大学を卒業し、結婚にあたってはまず就職せねばなりません。安宅さん、僕を安宅商会に入れてくださいませんか」

　英一は、試合以外でこんなに真剣な表情の次郎を、はじめて見たような気がした。

「君のような実直なひとがうちに入ってくれたら、私としても喜ばしいよ。それに我が社の宣伝にもなるしね。ところで、早苗さんはどうするのかい？　『テニスファン』をやめて主婦になるのかね」

「僕は夫婦共働きがいいと思っています。できれば彼女にも、こちらでなにか良い仕事を見つけたいと思っています」

「そうか、わかった。ならば、その件も私が何とかしよう」英一は口角を上げながらも釘を刺すことを忘れなかった。「けれど、卒業はしてくれよ」

「もちろんです！　ありがとうございます！　安宅さん、僕、一生恩に着ます」

——就職先が決まった！　あとは婚約発表をして、卒業に向けて頑張るだけだ。

　帰りのエレベーターのなかで、次郎はひとり笑顔になった。

＊

「なに、辞退届だと！」

事務局主事の木原から佐藤次郎のデ杯辞退届を見せられた会長の堀口は、動揺の色を隠せなかった。

「帰国前から続く健康上の不安、卒業を前に学業に打ち込む必要がある、だと。愚かなことを言いおって。そんな個人的なことで、国家の威信をかけた一大行事を、簡単に辞退するなど許されるはずがなかろう！　そうじゃないかね、木原君！」

「おっしゃる通りです。佐藤ときたら、デ杯選手に選ばれるというテニス選手として最高の名誉を、身勝手な理由で断るとは。全くもって呆れたものです」

「デ杯選手派遣基金は皆、佐藤が出場するという条件で寄付しているのだから、自分の意思で降りられると思ったら大間違いだ。却下だ、却下！　すぐに連絡したまえ」

――全日本選手権大会でも、佐藤の人気で史上最高額の三千円以上を稼いだのだ。ここでデ杯代表を降りるなど、どうして認められよう。

「ですが、一応会議に掛けねばなりません」

日本庭球協会の役員会議がただちに招集された。会議の冒頭で木原が招集理由を説明した。

「このたび、佐藤次郎君よりデ杯出場辞退の旨、届け出がありました。この由々しき事態を見過ごすわけにはいきません。我々庭球協会は一致団結し、佐藤選手デ杯出場に向け尽力せねばならんのです」

「しかし、佐藤選手はずっと体調不良を訴えてきたわけですし、今回はやはり休場させるべきでは」

関西支部長の清水の発言に、木原は声を荒らげた。

「いいですか、デ杯選手派遣基金の募金活動では、佐藤次郎というスター選手がいるからと多くの企業が協力してくれているんですよ。それを今さら佐藤なしでなどと言えるはずがないでしょう」

「ですが……」

他の役員から声が上がった。

「だったら、最初の対戦相手のオーストラリアを、日本に誘致したらどうでしょう」

「日本で試合をするということか」

「そうです」

この提案に皆沸き立った。

「それは良い考えだ。それなら佐藤も休養の時間が取れる」

「そうなれば布井だって出場できるじゃないか！」

布井選手は神戸商業大学を卒業予定で、住友銀行に就職が決まり、母親の強い要望によりデ杯出場を辞退していた。

——日本でやれば興行成績も上がる。まさに一石二鳥だ。

堀口は上気した顔で頷いた。

だが、庭球協会によるこの妙案はあっけなくオーストラリア側に拒否され、問題は振り出しに戻ってしまった。

木原主事から辞退届却下の連絡を受け、次郎は血の気の引いた顔で太郎に電話をした。

「庭球協会が辞退届を却下したんだ。兄さん、どうしたらいいんだろう……」

「なにか手を打たんといかんな」

「……」

「協会に有無を言わせぬなにか……」

重い空気が配線を伝わり漂う。

「徴兵検査。そうだ、おまえは次男なんだし、徴兵検査を理由にすれば、さすがに断れんだろう」

「徴兵検査か、たしかにそれなら協会も逆らえない。そうだね兄さん、その通りだ！」

次郎は早速、その旨を記した手紙を庭球協会に送った。

婚約発表

二月九日、銀座四丁目の富士アイスビル。

「さあちゃん、こっちだよ」

早苗は次郎の目を見て、軽くうなずいた。

次郎もそれに応えて微笑み、早苗の先を進む。

指定された部屋に一歩入ると、いきなりフラッシュの嵐に見舞われた。背広の胸ポケットに赤いバラをさした次郎と、白いドレス姿の早苗は金屏風の前に立ち、報道関係者に向かって一礼し、着席した。まず次郎が口を切った。

「本日は私どものためにわざわざお出まし下さり、誠にありがとうございます。この度、私、佐藤次郎は岡田早苗さんと婚約致しました」

部屋中にフラッシュの音と光が充満する。

「そして、ここにお集まりの皆さま方に、証人になっていただきたいと存じます」

一瞬、場内が静まった。

次郎は背広の内ポケットから小さなビロード張りのケースを出した。ケースを開け、早苗の左手を取り、その薬指に純白に輝く真珠の指輪をはめた。

一斉に拍手が沸き起こった。

「早苗さん、指輪を見せてください」だれかが大きな声で言った。

早苗ははにかみながら、左手を記者たちに向けて見せる。

再びフラッシュが瞬いた。

「では質問をどうぞ。お一人、一問でお願いします」

端に控えていた庭球協会の小脇源治郎が言った。

「東都新聞の風間と申します。次郎さん、早苗さん、ご婚約おめでとうございます。結婚は具体的にいつ頃を予定なさっているんでしょうか?」

メガネをかけた若い記者が、一番に手を挙げ発言した。

「僕が大学を卒業する一年後を予定しております」

「佐藤選手は本年度もデ杯出場選手に選出されていますが、そうなると卒業に影響は出ないのですか?」

「それは」と次郎が言うと、

「その件につきましては、現在お答えできません。他の方、どうぞ」

　すかさず小脇が口を挟んだ。

「毎朝新聞の杉本です。おめでとうございます。早苗さんにお尋ねします。佐藤選手のどこに惹かれたのですか？」

　早苗は頬を赤らめ、次郎に目をやった。

「誠実なお人柄です」

　質問はしばらく続き、会見は滞りなく終わった。

　この日を境に二人の婚約は公のものとなった。帝国ホテルのクリスマスパーティーからわずか一ヶ月半後の出来事であった。

＊

　薫は自分のいい加減さの百分の一でも次郎にあれば、デ杯に行かずにすんだのではないかと歯がゆく思った。

　けれど、たしかにこの時代は一旦国の代表になれば、一選手の個人的な理由などまったく受け付けられない空気に満ちている。

三月二十四日が迫っていた。

三月二十四日、次郎は神戸港から箱根丸で旅立ち、帰らぬ人となる。

今、この世界で薫だけがそれを知っている。

そして、それを阻止することが自分に課せられた使命だと、薫は感じていた。

――なんとか食い止めなくては。そのためにはどうすればいいのか。

誰か信用のおける人に打ち明けて、相談に乗ってもらおうか。

誰に？　太郎、登世子、唯、隆之介……次々と顔が浮かんでは消える。この四人のだれかだ。だが話すとしても、どのタイミングで？　はたして信じてもらえるのか。頭がおかしいとしか思われないいんじゃないのか。たとえ信じてもらえたとして、いったい何ができるのだろう？すでに、打てる手は全部打っているのだ。やはり、自分でなんとかするしかない。

結局、庭球協会側の強要によって次郎のデ杯参加は免れない。だとしたら次郎を救うには、足か腕に試合ができないくらいの怪我を負わせる。あるいは薫も箱根丸に乗船し、つきっきりで見守る。この二択しかないだろう。

前者の案は無理がある。多少の怪我ならば次郎は黙っているだろうし、かといって大怪我では後遺症が残るかもしれない。となれば、選択肢は箱根丸に同乗する、それしかない。太郎に頼み込めばなんとかなるだろう。薫はほっと安堵の息をついた。やっと行く手が見えてきた。

と、思ったとたん大きな欠点に気づいた。

パスポートがない。今の薫にはパスポートを取ることができないのだ。箱根丸に乗るにはパスポートチェックは避けられない。さんざん考えて、薫は結論を出した。

密航する。そう、密航するのだ！ できるかどうかわからないが、他に方法がない以上とりあえずやるしかない。

闇に覆われた夜の庭で、満天の星を見つめ、胸いっぱいに冷たい空気を吸い込んだ。

二月半ば、薫は夏保を去り上京することを密かに決めた。

問題は宿泊先だった。次郎は婚約後は岡田家に泊まることが多くなったので、ひとりで御木本邸にやっかいになるわけにもいかない。そのことを唯に手紙で書いたら、「だったら我が家にいらっしゃれば」との返事がきてあっさり解決した。ただで世話になるのは気が引けるので、二宮家の雑用を一日数時間するという条件で、好意に甘えることにした。

＊

数日間上京していた登世子がボストンバッグを提げて帰ってきた。

薫は駆け寄り、バッグを受け取った。

「おかえりなさい。次郎さんはお元気でしたか？」

「それがね、聞いてよ、薫くん。次郎兄さまったら『さあちゃん、さあちゃん』って、テニスに映画、ダンスとずうっと早苗さんとご一緒なんですもの。私、すっかり当てられてしまって。でも幸せそうで安心したわ。だって、あんなに嫌がっていたデ杯に結局行くことになったでしょ。どんなに落ち込んでいるか、とても心配だったの」

婚約から出航までの二ヶ月足らずの日々を、次郎は早苗とほとんど一緒に過ごしているという。

「そうですか。それなら良かった」

「次郎兄さま、昨日はバラ、今日は百合って、毎日のように早苗さんにお花を買っていらっしゃるのよ」少し不満そうな口調だ。

次郎は花が好きだ。御木本隆三は、花を胸に飾るのを好む次郎のことを「日本で美しい花を胸につけるとキザな場合もある。然し佐藤君のやり方は決して不自然ではなかった」と誉めている。

「登世子さん、ヤキモチですか」薫が笑うと、

「私が？　ヤキモチ？　ははっ、そうかもしれないわね。次郎兄さま、最近は早苗さんといてばかりで、私と出かけることは滅多にないんですもの」登世子も声を立てて笑った。

――そんなにまで愛した人を残して逝くなんて……。

次郎の苦悩がどれほどのものか、薫には想像もつかない。

ここを去る決心をした薫は、どうしても登世子に伝えたいことがあった。

それはこれから起こる佐藤家の不幸な出来事。

数年後の太郎の事故死と、忍の妹、瑠璃子が四歳のときに不慮の死をとげること。この二つの事故は知っていれば容易に避けることができる。そして、この二人の死は、佐藤家にとって次郎の死と同様に重く、悲劇的な出来事なのだ。

だが、成功すれば当然歴史は塗り替えられる。もしかしたらそれは取り返しのつかないルール違反なのかもしれない。

――だいたい自分がタイムスリップしたこと自体とてつもなく理不尽なわけだし、多少歴史が変わったって知ったこっちゃあない。伝えなきゃ、絶対に。けど、大事なことはそれが真実だと理解してもらうこと。これはかなりの難題だ。登世子さんにちゃんと信じてもらえる方法って……。

理不尽な要求

「佐藤君、君の言っていた徴兵検査の件だが。あれはもうこちらで手配したので、君は心置きなくデ杯に行ってくれたまえ」

次郎を日本庭球協会本部に呼び出した木原主事は、手短に要件を伝えた。

「えっ、手配したって、どういうことですか！」

「つまりだな、徴兵猶予願を出したのだ」

「そんな、私に断りもなく猶予願を出すなんてあんまりじゃないですか！」

「君も、いつまでも子供のようなことを言ってるんじゃない。いいかげんに協会の指示に従わんか！」

次郎は赤い目でしばらく木原を睨みつけていたが、黙って立ち上がると、大きな音を立てて扉を閉め退出した。

——ばかな！　勝手に猶予願を出すなんて。協会はどこまで僕を追いつめるんだ！

こうなったら稲門テニス倶楽部に直訴するしかない。そうだ、稲門テニス倶楽部にこの状況を訴えて庭球協会に抗議してもらおう。

一個人のために稲門会の開催を願うのは心苦しいが……。もう選択の余地はない。

庭球協会の意を受けた福田雅之助や高洲九郎ら早大の先輩たちに、デ杯出場を説得されてはいるが、稲門テニス倶楽部としてではない。稲門テニス倶楽部に自分の気持ちを訴えれば、わかってもらえるかもしれないと、次郎はすがるようにこの案に懸けた。

二月中旬。

次郎の強い要望により、早大庭球部ＯＢの集まりである稲門テニス倶楽部の臨時総会が開催された。

「この度、稲門テニス倶楽部の諸先輩方におかれましては、私ごときのためにわざわざお出向きいただき、大変恐縮であります。しかしながら、今回のデ杯出場につきましては、遠征中に病を得て以来現在も体調が思わしくなく、勝ち進む自信がないのです。また、出場となれば大学卒業も不可能になります。すでに二十六歳の自分は、来年、何としても卒業せねばならんのです。このような状態で出場しても、良い結果は全く望めません。今年のデ杯には健康に問題のない有望な若手を選ぶ方が、余程お国のためになるのです。そのことを諸先輩方にはご理解いただきたいのです。そして、日本庭球協会に、私、佐藤次郎のデ杯辞退を、皆さまからお口添えしていただきたいのです。佐藤次郎、伏してお願い申し上げます」

突然の会の招集に不満げだった一部の会員にも、目に涙を溜め切々と訴える次郎の苦しみは響いたようだ。会員たちは次郎の出場辞退の申し出を認め、稲門テニス倶楽部として了承したことを公に日本庭球協会に伝えたのである。

しかし、次郎の得た安堵は、つかの間に過ぎなかった。


日本庭球協会は、この稲門テニス倶楽部の通告も、完全に無視したのである。

＊

「そんな理不尽なことがあるものか！」

次郎から連絡を受けた太郎は声を震わせた。ちょうど姉、ふみの嫁ぎ先で不幸があり、親族が川崎に集まっていた。太郎はすぐに親族会議を開き、次郎の置かれている状況を説明した。

「次郎はやっと帰って来たんだし、十分お国のために尽くしたんだから、もう行くことはないよ」

「なんて酷いんだろうね、庭球協会は」姉たちが言うと、

「次郎兄さまは具合が悪いのに、ずっとずっと無理をして試合をしてきたんだわ。それなのに強引に行けだなんて、あんまりですわ！」と登世子は声を嗄らして言った。

「次郎はテニスより大学を卒業せねばならんだろう」

「そんなに嫌がるのを行かせるわけにはいかない！」

同席した数十名の親族は、口々にデ杯出場に反対した。

「太郎兄さま、太郎兄さまから庭球協会に言ってくださいな」

登世子が太郎の腕をとって叫ぶ。

「そうだよ、太郎が言っておあげ」姉たちも同調した。

親族全員が憤っている。

「家長の私が、親族代表として日本庭球協会に行き、辞退の件をしっかりと伝えて参ります」

太郎は目に力を込めて、言い切った。


翌日、太郎は稲門テニス倶楽部の辞退了承通知にもかかわらず、出場を説得し続ける日本庭球協会を訪れた。

「昨日、私ども佐藤家一族が集まり、衆議に諮(はか)った結果をお伝えに参りました。佐藤次郎の昭和九年度デ杯出場は、固く辞退させていただきたい」

太郎は拳を握りしめて一気に言った。

「わざわざお出でいただき恐縮ですが、佐藤君の出場はすでに決定事項です」

会長の堀口は、年若い太郎の言に全く動じない。

「決定というのはそちら側の勝手な言い分でしょう。次郎は海外遠征より体調が悪く、回復するどころか悪化の一途です。これ以上、体に負担のかかるデ杯に行かせるわけにはいきません」太郎は医師による『休養を要する旨を記した診断書』を机の上に叩きつけた。

堀口は診断書を手に取り、ちらっと目を通すとすぐさま封筒に戻し、差し戻すように置いた。

「そうおっしゃられても、佐藤君の出場は、いわば国家の要望でもあるのですよ。日本庭球協会はそれに従っているだけです」

「戦場の兵士も病なら帰還させるでしょう。次郎は肉体的にも精神的にもとうに限界を超えているんです。もう無理なんですよ、あなた方は、それがわからないのですか!」

「そこまでおっしゃるのならこちらも言わせてもらいましょう。だいたい、去年のデ杯の結果は何たることですか! 決勝にも出られず、我々庭球協会、いや日本国民全員の期待を裏切ったのですぞ。今年こそ佐藤君が先頭に立ち、何としても決勝戦に出て、挽回してもらわねばならんのです」

「あなた方は人を何だと思っているんですか、そちらがどう言おうと、弟は出場させません!」

太郎は声を張り上げ、堀口と木原を睨みつけて立ち上がると、足音荒く退出した。

「佐藤ときたら、一個人が己のために稲門会を開くとは、まったく呆れ果てたことをしおって」

　木原は苦々しげに言った。

「そうだな。木原君、佐藤次郎を何としても出場させるんだ」

「承知しました。お任せください、佐藤を必ず説得してみせます！」

　木原はどんな手を用いても、佐藤をデ杯に出場させると息巻いた。

決心

　太郎は、協会とのやり取りをどう弟に伝えるべきか逡巡し、重い足で池袋の関家へと向かった。関家は佐藤家の次女、秋子の嫁ぎ先で、次郎をはじめ佐藤家の者は上京の際、度々寄宿していた。しかし、秋子の死後は以前のように行き来することはなくなっていた。が、今日は次郎が関家で兄を待っていた。門前で太郎は立ち止まった。小さく息をつくと、恨めしそうに門を見上げた。しばらく目を閉じ、いちど大きく息を吸ってから、つとめて明るい足取りで門をくぐり、玄関の扉を開けた。

「ごめんください」

　家人よりも先に次郎が顔を見せた。

「兄さん」

不安と期待の入り交じった表情と声が、太郎の胸をえぐる。

「次郎……。おまえは、デ杯なんかに行くことはないぞ！　行かなくてもいいんだ！」

数秒、沈黙が支配した。

「決裂したんだね」

次郎は全てを悟ったようだ。

「誰がなんと言おうとデ杯に出る必要などない。おまえはもう十分過ぎるほど、お国のために尽くしてきたんだ。だから、今度は大学を卒業するんだ。それがおまえのやるべきことなのだ」それ以上言葉を発すれば涙が出てしまいそうだった。

「兄さん、ありがとうございました。……僕のために、わざわざ協会まで出向いてくれて」

「次郎、おまえ」

「僕は……少し考えてみるよ。兄さんも早く夏保に帰って休んでください。姉さんや登世子によろしく伝えてください」

次郎の日焼けした肌が、青白く透けて見えた。

義士に想ふ

次郎が泉岳寺を訪れたときは、午後三時を過ぎていた。

四十七士の墓参りには、これまでも何度かひとりで足を運んでいる。

『武士道』は次郎の精神の拠り所で、義をつらぬき武士の矜持を保った忠臣蔵の義士こそが、次郎の英雄であった。

持参した線香に火をつけ、赤穂浪士の墓を端から順に拝み一本ずつそなえる。

一巡し、大石内蔵助の墓に戻った。改めて手を合わせる。

そして、「個人は国家のためもしくはその正当な権威を把握するもののために生き、また死なねばならなかった」と新渡戸稲造が武士道精神について記した一文を思い出した。

——デ杯出場だけが、自分に課せられた日本国民としての絶対的な義務なのか。

卒業や結婚を望むのは、それほどまでに自己中心的な考えなのか。

それら全てを捨てて出場したとしても、こんな状態で良い成績を上げられるはずがない。それがわかっていて出場する方が、よほど無責任ではないか。

庭球協会は出場を固辞し続ける自分を非国民呼ばわりする。出場せぬは、非国民か。

今の自分にとって参戦は苦痛でしかない。

僕は、僕は……どうすればいいのか。

どれくらい経っただろうか、空が暗くなりはじめていた。遠くで烏が鳴いている。その鳴き声が、次郎を、この世界にたった一人でいるような気持ちにさせた。

頬を伝うひとすじの涙が、嗚咽につながった。

【第六章】　旅立ち

数日で三月になるという日、薫は庭にいた太郎に頼み込んだ。

「太郎さん、突然で心苦しいのですが」

太郎は怪訝そうに、「どうした？」と訊いた。

「お暇をいただけませんか」

「ここを出てどうするんだ」頭を下げた薫に、静かに尋ねた。

「箱根丸に乗船しようと思います」

「箱根丸？　次郎に付いて行くのか」

「はい。僕、次郎さんが心配なんです。それで、一緒に乗船して見守りたいのです」

太郎はしばらく薫を見つめ、「分かった。次郎を頼んだぞ」と言った。

「太郎さんにはお世話になりっぱなしで……。申し訳ありません。無理を言って雇ってもらったのに、ろくにお役にも立てないうちに出て行くことになって」

「まぁ、いいさ。そのかわり次郎のために頑張ってくれよ」

「はい」

太郎の差し出した右手にそっと触れると、力強く握りかえされた。

出発を明日にひかえ、薫は冷たい布団の中でずっと寝つかれずにいた。

昨夜、登世子に、自分がいなくなったら必ず読んでほしいと手紙をあずけた。

手紙には薫自身のこと、これから起こる時事、そして二つの事故死について記した。これによって、太郎と瑠璃子が長生きすることを切望したのである。

早朝。次郎にもらったオーバーと上着、ズボンを身につけた。

番頭の奥野をはじめとする佐藤家の使用人たちに、今までのお礼と別れの挨拶をした。

母家の玄関の戸を開け、「失礼します」と声をかけると、手伝いのひとりが出てきて居間に上がるように告げた。居間に入ると、太郎が炬燵で新聞を読んでいた。

薫が畳に両手をついて、

「今まで本当にありがとうございました。今日から僕は、次郎さんに付いて行きます」

と言うと、太郎は横にある長火鉢の引き出しから封筒を取り出し、炬燵の上に置いた。

「これを持って行きなさい」

「……」

「早く仕舞いなさい」

「あ、はい」

薫は封筒に手をかけた。それはたしかな厚みがあった。

「とりあえず当分生活するには困らないだろう」

薫は封筒を持ったまま下を向いた。涙を必死で堪えようとしたが無理だった。

「なんだ、男が泣くもんじゃないぞ。元気で行ってきなさい」

「……はい」

「どっかいくの」と忍が薫の背中をさわった。かつ子も来てそばに座り、

「今までよく働いてくれましたね、ありがとう。どうぞ、気を付けて行ってらっしゃい」

と言って小さな風呂敷包みを手渡し、汽車のなかで食べるように言った。

「僕の方こそ、ろくにお役に立てずに申し訳ないです。御恩は決して忘れません」

薫は玄関のガラス戸を開け、「それでは皆様、行ってまいります」と大きな声で言った。

バス停までの道の途中で、誰もいない木陰に座り、太郎がくれた封筒をそっと開けてみた。

一円札が二百枚、二百円も入っていた。映画館の入場料が二人で一円、小学校教員の初任給が五十円の時代だ。

渋川から上越線に乗り、車窓を流れる景色を目に映しながら、なぜかこの時代の夏保の家にはもう戻れないと感じていた。

終点の上野駅で汽車を降り、改札の方へ歩き出すと、うしろから「カオルサン」という弾んだ声と共に背中を軽くたたかれた。

振り向くと、紺色の外套に赤いチェックのマフラーをした唯が、

「お久しぶりね」得意のいたずらっぽい笑顔で薫を見ている。

迎えはいらないと言ったのに、上野駅で待っていてくれたのだ。

「わざわざ来てくれたんだね、ありがとう」

「いいのよ、どうせ暇でしたし。さぁ、行きましょう」

人々でごった返すなかをふたりは並んで歩いた。

「でもびっくりしましたわ、婚約発表」

「そうだね。じつは家のひとたちもみんな驚いているんだ。あんまり急だったから」

「クリスマスパーティーのとき、お二人ともとてもいい感じでしたものね。ひょっとしてあれがきっかけでしたの？」

「たぶん。でももっとまえから気に入っていたんだ、次郎さんは」

「そうね、早苗さんの試合のボールボーイをなさってましたものね」

「うん」

「みんな、なぜ佐藤次郎がボールボーイを、って不思議に思っていましたわ」

唯は全てがつながったというように、大きく頷いている。

麻布にある二宮家は広い日本家屋に一部洋風の建築が加えられた家で、庭園は石橋を渡した大きな池を中心に、よく手入れされていた。

唯は著名な歴史学者の父親と兄の隆之介の三人家族で、母親は唯が中学生のときに病で他界していた。

「ただいま帰りました」

玄関で唯が声をかけると、年若い娘が小走りにやって来て座り、

「お嬢さま、おかえりなさいませ」と、ちょこんとおじぎをした。

「知枝、こちらは三ツ矢薫さんよ。これからしばらく我が家にいらっしゃいます。きちんとお世話をしてさしあげるのですよ」

「かしこまりました」チエと呼ばれた少女は緊張ぎみにおじぎを繰り返した。

やや貫禄のある中年の女性も顔を見せ、知枝の横に座った。

「おそくなりまして失礼致しました」

「あぁ、はる。薫さんよ」

「いらっしゃいませ。はると申します。よろしくお願い申し上げます」

ひどく丁寧におじぎをされ、薫は少しあせってしまった。

「三ツ矢薫です。よろしくお願いします」

「お父さまは？」

「書斎にいらっしゃいます」

「薫さん、こちらにいらして」書斎の扉の前まで来ると、唯は、

「お父さまもね、少し変わっていらっしゃるの。お兄さまによく似ているわ。ふふ」

ささやくように言って、ノックをした。

「お入り」

扉を開けると、白いあごひげを伸ばした大きな目の、いかにも学者風の男性が本を手に持ち、りっぱな革張りの椅子にもたれていた。

「お父さま、薫さんをお連れしましたわ」

「はじめまして、三ツ矢薫と申します。しばらくお世話になります。どうぞよろしくお願い致します」

「君が薫君か。君のことは、隆之介と唯からよく聞いているよ。よく来たね、まぁゆっくりしたまえ」

「はい、ありがとうございます」

見かけによらず気さくな人のようである。

「お父さま、またあとでね」

唯は薫を客間の一つに案内した。その部屋は板張りで、ベッドが備え付けられていた。

「洋間の方がいいでしょ？　このお部屋は裏庭が見えて落ち着くのよ」

「ベッドはありがたいな」

「お兄さまと私の部屋も洋間なの。さぁ、お荷物を置いて。お食事にしましょう。はるの作るご飯はとても美味しくってよ」

「隆之介さんは？」

「お兄さまは大学で、帰りはおそいの」

「そうか」

広い和室に通されると、はるが料理を並べていた。

大きな黒塗りの座卓には、大皿に盛られた煮物や漬物のほかに銘々に茶巾寿司のようなものがあった。

「お父さまは？」

「旦那さまは後ほどお召し上がりになるそうです。お嬢さま方はお先に召し上がるようにと」

「そう。薫さん、ここにお座りになって。お父さまは研究に没頭されると、お食事はいつも後回しになさるの」

唯は自分の向かいの席を指した。

「では私はこれで。ごゆっくりお召し上がりくださいませ」

はるは心なしか心配そうに一礼し、奥へ下がった。

「ねぇ薫さん、今日はね、はるが腕によりをかけたのよ」

唯は茶巾寿司の皿に手を添えている。

「茶巾寿司？」

「ちがってよ、オムライスですわ」

「えっ、オムライス？　これが？」

「ええ。だって、まえに薫さん、おっしゃっていたでしょ。カチャップライスを卵で包んだオムライスというものがあるって。私たちオムライスを食べたことがないので、はるが何度も作りなおしてみたんだけれど。どうかしら」

これがオムライスか。たしかに薄焼き卵できれいに四角に包んである。薫は箸でその四角いオムライスをひと口食べた。

「いかが？」唯がじっと見ている。

——あっさりしている。和風な感じ？　オムライスと似てるけれどちょっと違うな。でも、なんとなく懐かしい味だ。

たいそうおいしいお料理ね。

「よかったぁ。はるも喜びますわ」

これはオムライスと呼べるかどうかはともかく、はるの料理はすばらしくおいしかった。

夕食後、「薫さん、三十分したらサンルームにいらしてね、お紅茶をいれますから」と唯に言われ、東の奥にあるサンルームに行った。廊下の先にある、庭にせり出した半円の板間に、テーブルと籐の椅子を置き洋風に設えている一角だ。

月明りがやさしく木々を照らしている。昼間は庭が見渡せ居心地がよさそうである。

唯が、紅茶とビスケットをテーブルの上に並べて待っていた。

「はるがね、私が薫さんの部屋へ行くのを許しませんの。だから、ここで。お話ししましょう」

「はるさんはお母さんみたいだね」

「そうね。はるはお母さまに付いて二宮家に来たのよ。だからお母さまが亡くなってからは、母親代わりみたいになってしまって」急に小声になり、「少しうるさくて困ってますの」とペロッと舌を出した。

「知枝ちゃんはいつ来たの？」

「知枝はちょうど一年になるかしら。秋田から来ましたの。三年まえ、東北が大凶作に見舞われたでしょう、そのとき知り合いの伝手でうちに奉公に」

「そうか」

――昭和恐慌で農村は多大な打撃を受けた。その影響で東北では娘の身売りさえあった。そう考えたら、二宮家に奉公できた知枝さんは恵まれている方なのだろうか。

「知枝はまだ十四でしょ。あの年で親元をはなれて不憫ですから、私もはるも家族と思って接しているの」

「この家の人はみんな温かいね。それに、はるさんに付いていたら家事も上手くなりそうだ」

「そうなの。知枝はお裁縫やお料理をはるに教わっているでしょ。今では私よりもずっとじょうずなのよ」

「それにしても、みんな小さいのに奉公だなんて大変だな」

唯が困った顔をしている。この時代、尋常小学校を出てすぐに働きに出るのはごく普通のことだ。自分のうかつさに気づいた薫は急いで話題をかえた。

「唯さんは女子高等師範学校を卒業したらどうするの？」

「私は……叔母さまたちはお見合いをすすめるけれど、私はね、ほんとうはお洋服のデザインをしてみたいの」

「服のデザインか。唯さんはセンスがいいし、デザイナーは合っていると思うよ」

「そう、うれしいわ。でも、私にできるかしら」

「できるよ」

「それでね、夢は、どこかおしゃれな街に小さなお店を持つことなの。そこに、私が作った帽子やお洋服をいっぱい飾るのよ」

「すてきだな。僕の服も作ってよ」

「あら、紳士服は作りませんわ」

「それは残念」

唯はおちゃめな目をして笑った。

そんな彼女を見ていると、薫は自分が詐欺師にでもなったような気分になった。なぜならこの先日本は戦争に突入し、贅沢は敵だ、の時代になっていくからである。

サンルームでのお茶会は、ときに隆之介が加わり、この後も度々おこなわれた。

【第七章】　暗雲・特高警察

二宮家での薫の生活は、午前中に家や庭の清掃をし、午後は次郎のもとに行くというものだった。唯と一緒に次郎の練習を見に行ったとき、

「君たち、ミックストをやらないか」

早苗とテニスをしていた次郎が声をかけた。

突然のことで戸惑う薫だったが、唯は、「うれしい！」かろやかに立ち上がり、目で薫をうながした。次郎が二人の練習着を用意してくれた。スラックスにちょっと違和感がある。

スコート姿の唯がまぶしい。

唯のあとを追うようにしてコートに近づき、ラケットを手にした。

――木製は重いな。振り切れるだろうか、フェイスも僕が使っているものより二回りは小さい。これでうまくあてられるかな。それにクレーコートはあまり経験がないし。

ミックストに先立って薫が次郎に挑むことになった。軽く数度素振りをし、いつもの感覚でサーブを打つ。フォームは現代的に洗練されて美しいのだが、ラケットの重さのせいでコントロールが利かない。ダブルフォルトすると、すばやく唯が近づき、

「上からサーブしても入らないんだから、恰好つけないで下から打てばいいのよ」

と小声で言い、眉間にしわをよせていた。

――いつもと違って戦闘的だ。

次郎のサーブを受けるとき、薫は腰を落として構えた。すばやくボールの着地点に走り、体勢を整え、きれいなフォームで打ち返した。だが、ボールは思ったように飛ばず、ネットに引っかかってしまう。その一連の動きを見て、次郎は驚き興味をそそられた。見たことのないテニスのスタイルだったからだ。

――動きは理想的とも思えるフォームだ。しかし、肝心のボールが相手コートに届かないのは。

薫は普段の何倍もの力をラケットに込めた。どうにかコントロールが取れてきた。

――このラケットだとボールは距離が出にくい。スピードもそれほど出ないんだな。

次郎は最初こそ穏やかなラリーをしたが、薫が慣れてくると、フォアハンドから重く鋭いボールを次々と打ってきた。

――うわぁ、これが世界ランク三位のボールかぁ！

フォアハンドストロークを早いタイミングで打ち、両足でジャンプもした佐藤次郎は、攻撃のタイミングを見計らう試合巧者として知られている。

ボールをまともに捉えられない。衝撃をうけている薫を見て、次郎はくすっと笑った。

薫のテニスの先進性と不思議さに気づいたのは、天才である次郎だけであった。

――次郎さんとテニスをした記憶、あの朧げな記憶はこれだったんだ！

この後のミックストも唯の奮闘にもかかわらず、あっけなく終わってしまった。

「今日は楽しかったなぁ。子供のとき兄貴と夢中になってボールを打っていたのを思い出したよ」

帰り道、次郎は屈託のない笑顔で、薫の背中をポンと叩いた。

＊

二宮家に来て数日が経ったころ、薫は隆之介が荷物を運ぶのを手伝って本郷の帝大へ行った。

隆之介は研究室の人たちに薫を紹介し、お茶を飲んでいけと言ったが、薫は断って帰ることにした。質問攻めにされるのは分かっている。

赤門を出たところで、いきなり背後から乱暴に腕をつかまれた。

「きさま、ちょっと来い」

驚いて振り向くと、ロシアのプーチン大統領を思わせる目つきの鋭い男がいた。

「なんですか、いきなり」

「黙ってついて来るんだ」

「離せよ」

薫が力いっぱい腕を振り切ろうとすると男は腹を殴ってきた。近くに停めていた車に強引に乗せようとする。薫が思い切り腕にかみつくと脇腹を殴られ、倒れたところに靴が飛んできた。あとは覚えていない。

ふいに頭に冷たいものを感じ目が覚めた。殺風景な部屋の硬い椅子に座らされ、両手を椅子の後ろで縛られている。

「気が付いたか」

頭に水をかけられたんだ。

「なんで、僕が……。こんなところに……うぅ」話すと腹と頭に痛みが走る。

「きさまはいったい何者だ」男がものすごい形相で睨みつける。

「なにものって、僕は……僕です」

「ふざけるんじゃない」

そんなこと言ったって、じゃあＩＤでも見せろっていうのかよと、ふいに馬鹿な考えが浮かび、思わず口角が上がってしまった。

「きさま、なにが可笑しいんだ」いきなり頬を張られた。

「いいか、きさまは何者かと訊いてるんだ」と、大きく手を上げて机をたたいた。

「だから何なんですか」と言い終わる前にまた殴られた。

「きさまは特高をなめとるのか」

こいつは特高なのか。ここは慎重にやるしかない。

「どうして僕は連行されたんですか」

「きさまが怪しいからにきまっとる」

「怪しいって」

「そうだ、大森ホテルのときから目をつけていたんだ」

「大森ホテル?」

「あのときは共青の沖田の友人関係を見張っていたんだが。きさまは怪しげななりをしていたからな」

あの日、薫は次郎にもらったシャツとズボンを身に着けていた。が、ニューバランスのスニーカーを履き、ツーブロックが伸びた中途半端な髪形だった。そんなところまで見ていたのか。

「僕は怪しいものなんかじゃない。テニス選手の佐藤次郎さんの実家で働いていて、今は次郎さんについて上京しているんです」

「テニスの佐藤次郎だと」

「そうです」

「きさまは佐藤とどういう関係なんだ？」

「どういうって、親戚ですが」

「だったらなんで二宮といる？」

「それは……あの日、二宮さんと親しくなり、今回上京するにあたって二宮家にお招きを受けたんです」

「きさまも共青か？」

「なんですか、キョウセイって？」そう訊き終わるまえに椅子を蹴られ、椅子ごと床に転がされる。髪をつかまれて、引き起こされた。

「とぼけやがって。共青を知らないやつがいるか」

「共産党のなんかですか」

「日本共産青年同盟だ。この馬鹿者が」

「僕はそんなんじゃありません。誤解です、共青だなんて。だいいち隆之介さんだって違いますよ、絶対に！」

「二宮は沖田と連絡を取り合っている」

「友人だったら連絡くらい取るでしょう。沖田ってひとの友人がみんな共青では……」

ないはずです、と言い終わる前に「黙れ！」と頬を殴られた。口の中に錆のような味がする。

「きさまは沖田を知っとるのか？」

「知らない」また殴られた。そこへノックの音がした。

「氷室さん、交代します」

入れ替わりに若い男が二人入ってきた。あの男は氷室というのか。

男たちは無言で縄をはずし薫を立たせると、上着をはぎ取りポケットのなかを探った。

ズボンも脱がされ細かく調べられた。薫は抵抗せず黙っていた。彼らは、薫が財布とハンカチしか持っていないのを確認すると退室した。

三時間くらい放置されたあと、「いいか、今日のところは帰してやるが、きさまのことはずっと監視しているぞ。少しでも怪しい行動をとったらタダじゃすまんからな。そのつもりでいろ」という台詞とともに解放された。

おぼつかぬ足取りでふと見上げると、桜田門の空に三日月が出ていた。

「心配で心配で、私、あちこち捜し回りましたのよ」

顔の傷の手当てをしながら口をとがらせた唯だが、今にも泣きそうな顔をしている。

「ごめん、僕もなにがなんだか」

消毒液がしみる。

「でもよかったわ、ご無事で」

薫は小さく顎を引いた。

「ずいぶん迷惑かけてしまったね、申し訳ない」

隆之介は薫の話を聞くと口を固く閉じ、頭を下げた。帰宅した隆之介は薫がまだ帰っていないのを不審に思い、いろいろと捜索したらしい。

「頭を上げてください。隆之介さんは悪くないんですから」

「僕が沖田の友人だから、君にまで」

「隆之介さん、気をつけてください。やつら、理不尽そのものだから」

「理不尽そのもの。そうだな、まさにその通りだ」

「僕が思うに、いずれ沖田さんは捕まりますよ」

「沖田は既に何度か捕まり、半殺しの目にあってるんだ。けれど、その度に親父さんが内務省の上層部に手をまわして釈放されている」

「そうなんですか」

「あぁ。沖田は学習院から慶明大学に行ったお坊ちゃんでね。学習院時代に身分を鼻にかける同級生たちをみていて、嫌になったと言ってたよ。それが共青に入ったきっかけだったんだ。僕も彼と付き合うのをやめようかと思ったりもするんだが、沖田ってやつはいいやつでね」

なんだか胸のあたりがざわつく。

「僕はこんなことを言える立場じゃないですが、隆之介さん、沖田さんと付き合うのは危険だと思います」

隆之介は眉根を寄せて薫を見た。

「分かっている……。やめなくてはいけない。でも、あいつはやっぱり友人なんだ」

「私も、お兄さまが沖田さんとお付き合いするのは反対ですわ」

「……沖田とは距離を置く。急に絶交というわけにはいかないからね」

「そうして下さると安心ですわ」

唯は、おそらくずっと言いたかったのにこれまで言えずにいたのだろう。ほっとした表情をしていた。そして薫は突然思い立った。

――告白するのは今しかない。

「あの、僕はお二人のことを、心から信頼しています」

薫の改まった態度に兄妹は顔を見合わせた。

「これから言うことは誰にも話していないし、お二人の他に打ち明けるつもりはありません。だからどうか絶対秘密にすると約束してくれませんか」

「……わかった」隆之介がまっすぐ薫を見た。唯はだまって頷いた。

「僕は次郎さんに付いて箱根丸に乗船しようと考えています。だけど、僕には旅券がないんです。ないというか、手に入れることが不可能なんです」

「どうして？　申請すれば取れるだろ？」

「できないんです」

二人は納得のいかない顔をしている。

「まえに冗談だと言ったけれど、じつは……僕はほんとうに未来から来たんです。二〇一五年から」

唯と隆之介は言葉もなくポカンとしている。

「何言ってるんだと思いますよね。僕だってそんな風に言われたら信じられないですよ。あっ、そうだ、ちょっと待っててください！」

薫は急いで自室に戻りバックパックを取ってくると、中から時計と数冊の本を出した。

「これはGショックという時計です。光エネルギーで動いています。それからこの本は二〇一三年出版で、このマンガも」

薫はバックパックのなかでスマートフォンに触れると勢いよく取り出し、写真を探した。

「見てください！」画面を二人に向けた。

唯と隆之介はスマートフォンを覗きこみ、数秒後、同時に「あっ」と叫んだ。

去年、お台場に行ったときに撮った風景。立ち並ぶ高層ビルの後ろにそびえる富士山が写っていた。言葉を失っている二人に、

「これが僕のいる未来です」

薫はスマートフォンで、銀座や秋葉原などの写真、ダウンロードしていた昭和天皇と平成天皇の記事も見せた。以前読んでいた本に天皇の記述があり、詳しく知るためにダウンロードしてそのままになっていた。

「これが未来……。すごい」

「ほんとうに。想像もつかない世界だわ」

「薫君、君はさっき時計のことを光エネルギーで動くと言っていたね。光エネルギーとはどういうものなの？」

「えーと、太陽や照明の光が持つ電磁波のエネルギーなんだけど。そうだな、たとえば光合成みたいな感じで光から電気が取れる技術、とでも言おうか」

隆之介は薫の目をまっすぐ見つめ、Ｇショックを手にし電気スタンドに近づけた。

「光エネルギー、か。なんて進歩なんだろう。そんなことが可能になるなんて」

薫は少し満足し、赤い巨大な月の晩、神戸の西村旅館跡の近くで地震に遭い、揺れが収まったら昭和八年に来ていたこと、そこで偶然次郎に会ったことを話した。

「薫君、僕は信じるよ。むしろ、今の君の話を聞いて僕はすべてが合致した。やはり時空間旅行は可能だったんだ！　まえに君は、自分は未来から来たと言ったね。あのときは言われた通り冗談だと思ったけれど、なぜか日を追うごとに、本当のことのような気がしていたんだ」

隆之介は興奮ぎみに言った。

「薫さんがそんなにまでして乗船したいというからには、よほど大事なことがあるのね」

全てを理解し、話を戻した唯の瞳は、心なしか悲しげである。

薫は膝に目を落とし、頭の中で言葉をえらんだ。なるべく平静さを保とうと努めた。

「次郎さんはマラッカ海峡で……マラッカ海峡で投身自殺するんです」

「えぇっ、まさか」

「どうして？　だって婚約されたばかりだし、自殺だなんて」

「お国のために犠牲になったんだね……、なんてことだ」

「だけど、だけど次郎さんは死んでしまう。だから僕は止めなきゃならないんです、絶対に」

涙が頬をすべり落ちた。

しばらくの沈黙のあと、隆之介は静かな声で応えてくれた。

「僕たちになにか協力できることはないのかい？　遠慮なく言ってくれよ」

「そうよ、薫さん、私にできることは何でも致しますわ。私たちずっとあなたの味方ですもの」そう言う唯の目も潤んでいた。

「ありがとう！　本当にありがとうございます。僕は、ずっとこの秘密を誰かに打ち明けて相談したかった。だけど、言えるはずもなく、ものすごく心細かったんです。二人に協力してもらえたらどんなに心強いか」

「それにしても、光エネルギーで動く時計とは。未来はすごいものが出来ているんだな」

隆之介はGショックを手のひらに載せ、目を輝かせている。薫に返そうと、そっと右手で持ち上げる。薫は言った。

「隆之介さん、よかったら記念に持っていてください」

「えっ、いや、こんな大事なものを貰うわけには」

「隆之介さんに持っていてほしいんです」

薫の言葉に「ありがとう。大切にするよ」と、隆之介は目を細めた。

「お兄さま、よかったわね。薫さん、私には？」

唯がいつものいたずらっぽい目で薫を見る。

「えっ、そうだな……」薫は顎に手をあて、なにか探そうとバックパックを覗いた。

「冗談ですわ。ごめんなさい」唯が笑いながら言った。

「これ、持ってて」

「なんですの」

「僕の一番好きな漫画、荒木飛呂彦のジョジョ」

薫は旅に出るとき必ず『ジョジョの奇妙な冒険・黄金の風』の、アバッキオが死んだこの巻を持っていた。唯は渡された本をパラパラとめくり、いとおしそうに表紙をそっと撫でた。

隆之介が思いついたように、

「しかし、旅券がないとなると正攻法では乗船できないな」

「ええ、正攻法では無理です。なので密航します」薫はあえてさらりと言った。

「みっこう⁉」

予想通りの反応である。

「いろいろ考えましたが、やはりそれしかないと」

二人は黙ってしまった。

「具体的な計画はあるのかい？」

「現場に行ってみないとなんとも言えませんが、船に荷物を運び入れる荷役にまぎれて乗船しようと考えています」

「うまくいくかしら」

「それがいいかもしれないね」

不安そうな唯とは反対に、隆之介は深く頷き賛意を示した。それに唯は力を得たようだ。

「私、神戸まで薫さんについて行くわ。ねぇお兄さま。お兄さまも行ってくださるでしょ」

「そうだね、一緒にいればなにか役に立てるだろう」

「そうですわ、お役に立ててよ。薫さん、私たち頑張りますわ」

この二人が協力してくれるならばどれほど頼もしいか。日頃は神など信じない薫も、この時ばかりは神様に心から感謝した。

未練

仕事帰りに、次郎から行きつけの喫茶店に呼び出された早苗は、まとわりつくような不安な気持ちをぬぐえずにいた。

「次郎さん、大切なお話ってなにかしら?」

紅茶のカップに手を添えながら、いつもより明るく振舞う。

「さあちゃん」

次郎はそう言って、じっと早苗を見つめた。

「お家ではお話しできないことなの？」

次郎はテーブルに置かれたコップを手にすると、一気に水を飲み干した。

「さあちゃん、ごめん……。僕は、デ杯に行くことになってしまった」

早苗のスプーンを持つ手が止まった。

「えっ。お兄さまが抗議に行ってくださったのでしょう？」

「そうなんだけど……、だめだったんだ。兄はかまわず辞退しろと言ってくれるんだけど。庭球協会は僕の名前でデ杯の寄付を募っているから、絶対に行かせるつもりなんだ」

「お兄さまのおっしゃるように、行かないでいることはできませんの？」

「僕だって、そうしたい。そうしたいよ」

「私たち婚約したばかりなのに」

「僕だってさあちゃんと離れるのは嫌だ！　絶対に嫌だ」

「……」

「それで考えたんだ」

「……」

「庭球協会に掛け合って、さあちゃんも一緒に行けるようにするよ。旅費は僕がなんとかする。だから付いて来てくれるよね！」

「私も一緒に⁉　次郎さんが行くのなら私だって付いてゆきたい。でも、そんなこと、できるのかしら？」

「僕たちは婚約しているんだし、それにさあちゃんが傍にいてくれたら、体調もよくなるような気がするんだ」

「私だって、半年も次郎さんと離ればなれになるなんて、嫌ですわ」

「僕のことで、さあちゃんに悲しい思いをさせたくない。僕自身、今、さあちゃんと引き離されたら……、すべてが終わってしまうかもしれない」

「次郎さん……」

＊

「佐藤君、そんな馬鹿なことを言っては困る。遠征に婚約者を同伴するなど、まったくもって前代未聞だ。第一、婚約者の旅費など出るわけがないじゃないか」

庭球協会の木原主事は、次郎の要望をはねつけた。

「それはこちらで用意します」

「はぁ、兄さんにでも頼むつもりか」木原は鼻で笑ってみせた。

次郎は、自分と兄が侮辱されたと感じた。

「とにかく旅費はこちらで支払いますから、婚約者の同伴を許可してください。私の体調のためにも彼女の同行が必要なんです」

「できんよ、決まっているだろうが」

「ならば」次郎の口調が変わった。

「ならば、僕は出場を辞退します」

「たった半年のことじゃないかね。君は日本国の代表なのだ。そんな甘えたことを言ってはならん」

「とにかく、僕はデ杯には行きません！」

「君がいくらそう言おうと、佐藤次郎がデ杯を辞退することなど、決して許されないのだ。いいかげんにしなさい」

次郎は木原に詰め寄った。

「だから、僕はすべてを犠牲にして、出場を決めたんです。せめてこのくらいの自由は認めてください！」

木原は次郎のあまりの権幕に、この場を取り繕うことにした。

「そうか、まぁ、そこまで言うのなら会議に掛けてみよう」

「本当ですか⁉　ありがとうございます」次郎は幾度も頭を下げた。

その姿を見ている木原の冷ややかな目に、次郎は気づかなかった。

＊

「ママ、お夕食、次郎さんの分も残しておいてちょうだいね」

早苗は母の作った胡麻和えの小鉢をテーブルに並べながら、言った。

「はいはい、分かってますよ。今日はお帰りが遅いのね」

「ええ、神奈川のお姉さまのところにいらしてるのよ」

「そう、ならお食事は、召し上がっていらっしゃるんじゃない？」

早苗は微笑んで、首をふった。

「次郎さんはうちで召し上がってよ。だって、我が家でお食事するのが何より楽しみだっておっしゃってるもの」

母もつられて笑った。

「ただいまぁ」

玄関の方で大きな声がした。

「あっ、お帰りになったわ！」早苗は急いで玄関に向かった。

「お帰りなさい。次郎さん、お食事はまだでしょ？」

「うん。さあちゃん、これ」次郎は背中に回していた右手を前に出した。

「まぁ、きれい！　なんていい香りでしょう！」

黄色にかがやくスイセンの花束を受け取り、早苗は顔を近づけた。

「うれしいわ、ありがとう！」

早苗の朗らかな仕草や表情が、次郎にとって唯一の心の支えである。

「さあちゃん、明日は休みだからどこか遠くへ行こうか」

「ほんとう？」

「あぁ、旅費のことも目処がついたし」

「お兄さまにお頼みになったの？　なんだか私、申しわけないですわ」

「さあちゃんが気にすることはないよ。僕が出世払いにしてもらったんだ」

「まぁ、そうだったんですの。なんとお礼を申し上げれば良いのか……」

早苗は目尻を拭った。

「さぁ、お腹空いてらっしゃるでしょう、早く食堂へ行きましょう」

二人は手をつないで廊下を歩いた。


幸福な時間はあまりに短かったのである。

さよなら、さあちゃん

三月に入り、日本庭球協会は次郎に引導を渡した。婚約者の同行を認めず。規定通りに遠征に参加するべし。

――たった一つの願いも聞いてもらえないのか。

次郎の最後の希望の光は、消された。


「さあちゃん、この椅子にすわってよ」

早苗は次郎に乞われるまま移動する。

「はい、笑って」

次郎は写真機を早苗に向け、幾度もシャッターを切った。

「さあちゃん、次は梅の木のところで撮ろう」

満開の薄桃色の梅の花をバックに、早苗は静かに微笑み、次郎を見る。

「次郎さん、今度は私が次郎さんを撮りますわ」

「僕はいいんだよ。僕はさあちゃんの写真をいっぱい撮って、全部持って行きたいんだから」

「だったら、ママに撮ってもらいましょうよ」

「そうだね、写してもらおうか」

早苗はうれしそうに大きく頷き、母を呼びに行った。

庭で、二人が仲良く並び微笑む、晴れた日の幸福な一コマ——この一枚が一ヶ月後、新聞や週刊誌に悲劇の象徴として掲載されることを、このとき二人は知る由もない。

「さあちゃん、このあとテニスして、映画に行こうか」

「えぇ、でも昨夜もダンスに行ったでしょう。私たち、少し遊びすぎじゃなくって？」

早苗はいたずらっぽく笑った。

「僕はね、一日だって、いや一分だって無駄にしたくないんだ。さあちゃんといられるのは、もう何日も無いんだから」

「そんな淋しいこと、おっしゃらないで」

早苗は、ふいにあふれそうになる涙を必死にこらえ、顔をそらした。

「ごめん、さあちゃんを悲しませてしまったね。さぁ、テニスに行こう」

次郎は、残されたわずかな時間を二人の楽しい思い出で埋め尽くす――そう決めていたのだ。

二人そろって早苗の家に帰宅し、早苗は玄関に荷物を置くと、そのまま居間へ行きソファに埋もれた。

「まぁ、さあちゃんお行儀の悪い」母がたしなめるように言った。

「だって、久しぶりにテニスをしたら、疲れてしまったんですもの」

「あら、次郎さんは？」

「えっ？」

早苗があわてて玄関に戻ると、次郎は早苗のラケットをプレスにはめていた。コートもハンガーにかけられている。

「いやですわ、次郎さん、そんなことなさったら。私がだらしがないみたいだわ」

次郎はそれには答えず、ただ黙って微笑した。

「私がやります」

「もう終わったよ」

「ママに怒られてしまうわ」

「僕がやりたいんだよ」

早苗は頬をふくらませ、次郎の胸を、小さなこぶしで軽くたたいた。

二人が居間に顔を出すと、

「さあちゃん、また次郎さんにお片付けしていただいたのね」

母があきれたような顔をした。

「いいんですよ、お母さん。僕が好きでやっているんですから」

「まったく、さあちゃんと次郎さんは反対ね」

「これから気をつけます、母上さま」早苗はぺこりと頭を下げた。

岡田家は次郎を家族の一員として受け入れていた。それは、ぎりぎりまで追い詰められている次郎の心の確かな支えとなっていたのである。

【第八章】　かけがえのない日々

お茶の水の女子高等師範学校からの帰り道、唯は喫茶店「紅椿」に向かっていた。

「紅椿」は、表通りから一本入った路地にある小さな店だが、クラシックが静かに流れる落ち着いた雰囲気が好きで、ときおり一人で訪れる。

窓際の赤いベルベット張りの椅子にすわりながら、見るともなしに窓外に目をやる。

コーヒーがテーブルに置かれ、はっと我に返った。

――薫さんが未来から来た人だなんて……。あまりに唐突で、頭の中がずっと混乱している。

もちろん信じているけれど。それに、佐藤次郎が自殺するって。

砂糖をスプーンでかきまぜながら、ため息がもれた。

――薫さん、密航だなんて本当に大丈夫かしら。特高が目を付けているかもしれないし……。

コーヒーをひと口含み、その香りと苦味に、ふとマーラーの交響曲第五番が流れていることに気づいた。硝子窓の向こうの路地を、人々が寒そうに足早に行き過ぎる。

唯は、突然、わぁーっと大声で泣きたい衝動にかられた。

――もしも、薫さんが未来に帰ってしまったら。そうしたら、もう二度と会えないかもしれない。二度と……。

二度と会えない。それは曖昧な感覚ではなく、ナイフのように唯の心に深く刺さった。

カップのなかに涙が一滴落ちた。

路地を行き交う人の顔が、滲んで見えない。

花屋敷の想い出

神戸へ旅立つ前日、薫と唯は浅草へ遊びに行くことにした。

「薫さんが神戸へ行くまえに、二人でどこかへ行きたいわ」と唯が言い、「僕はかならず戻るからいつでも行けるよ」と薫が言うと、「必ずなんてことは、ないんじゃないかしら」と返された。そんな会話があったのである。

地下鉄の駅を降り、ふたりは浅草寺の方へ歩きだした。人の波に沿ってゆくと、両側に映画館の立ち並ぶ通りに入った。

「すごい人の数だね」

「ええ、ここは浅草六区ですもの」

現代の東京のように原宿や渋谷、新宿、六本木などと遊ぶ場所がたくさんあるわけではない。

この時代は浅草に娯楽が集中している。朝のラッシュアワー並みの賑わいは、薫の想像を遥かに超えていた。うっかりすると唯を見失いそうになり、薫は自然に唯の手を握った。唯は反射的に手を引っ込めた。「迷子になっちゃうから」と言うと、恥ずかしそうにふれてきた。

突然、右手に大きな池が現れた。

——こんな池あったっけ？

人混みをのがれ、池畔のベンチに腰をかけた。仁丹塔を遠くに望み、柳にかこまれた池は、中央に噴水が設置されている。

この風景は見覚えがある。そうだ、むかしの絵はがきだ。ふしぎな懐かしさを感じさせたあの絵のままである。が、絵はがきには十二階の塔の凌雲閣がそびえていたはずだ。

「凌雲閣は？」

「凌雲閣は、十年ほどまえの大地震で半壊して取り壊されてしまいましたの。ちょうどあの劇場のあたりですわ」

唯は池の向こう側を示した。

「大地震っていうのは一九二三年の関東大震災のことだよね」

「一九二三年？　大正十二年ですわ。私は小さかったけれど。あちこちで火事になって、我が家も一部が崩れてしまいましたの」

「大変だったね。でも唯さんが無事でよかった」

その言葉に、唯が頬を赤らめた。

「凌雲閣の十二階の望遠鏡からは、それはそれは遠くまで見渡せましたの。中には玩具店や、宝石店、パン屋さんとたくさんお店があってまるで百貨店のようだったわ。エレベーターは日本で最初のものでしたのよ」

黒目がちな瞳が、劇場の方を淋し気に眺めている。

「僕も行きたかったな」

「でも、未来はもっと高いビルヂングが建っているんでしょ？」

「うん、数えきれないくらいにね。ところでこの池は？」

「瓢箪池よ」

「ひょうたん池？」

「ええ」唯は微笑んで応えた後、すぐに真面目な顔になった。

「もしかして、未来には無いの？　瓢箪池」

薫はしかたなく頷いた。

「そんな、なぜ？　なぜ無くなってしまうの？」

——思い出した。戦争で焼失した浅草寺のために埋め立てたんだ。

「埋め立てたんだ」

「どうして埋め立てたりしたの？」

「浅草寺の再建のために」

「浅草寺の再建？　どういうこと？　まさか浅草寺も無くなってしまうの？　そんなことはなくってよね！」

「唯さん、その話は帰ってからするよ。今は浅草を楽しもう」

彼女はすぐに笑顔を取り戻した。

「そうね、ごめんなさい。私ったら、薫さんを困らせてしまったわ」

「そんなことはないよ。ただちょっと複雑な話だから。それに他の人に聞かれたくないんだ」

唯の質問に答えるには、これから始まる戦争について語らねばならない。第二次世界大戦、太平洋戦争のことは二宮兄妹には知ってほしいと思っていたが、安易に口にするのは憚（はばか）られ、ためらっていた。

「さぁ、行こうか、花屋敷」

ベンチから立ち上がり右手をさしだした。唯はその手に自分の手をそっと重ねた。

「ライオンの子供がいてよ、楽しみね」

「花屋敷に？」

「えぇ。日本ではじめてなの。大地震以前は、虎の五つ子もいましたのよ。世界でもとても珍しいんですって」

花屋敷の入り口の門は、赤い屋根の上にブロンズのライオンが一頭ずつ狛犬のように左右に置かれている。場内には、家と家の間をすり抜けるように走るローラーコースターはまだなく、植物園をかねたような庭園があった。大瀧とよばれる滝が落ちる風景を左に見て、つり橋を渡ると、鹿やオットセイがいた。先に進むと「活人形」と看板のある小屋があった。なかに入るとよくできたマネキンのような人形が展示されていた。遊女や昔の有名な人物をそっくりに作っているという。蠟人形に似ているが、こっちは木製の彫像だ。

「すばらしいわ、こんなに細かいところまで作り込まれているなんて」

唯は遊女の表情に見入っている。

「未来ではもっと精巧なお人形が作られているんでしょ？」

「そうでもないよ、超絶技巧はこっちの方がすごいかもしれない。あっ、でも人形じゃないけどアンドロイドは……」

「あんどろ、なあに？　それ」

「アンドロイドというのは人間そっくりのロボット、えぇと、人造人間っていうのかな。しゃべったり、歩いたりするんだ」

「學天則みたいなものかしら？　数年前に西村真琴という方が學天則という機械仕掛けの人形を作りましたの。文字を書いたり、表情を変えたりするって、お兄さまが言ってましたわ」

「へぇ、そんなのが存在するんだ。たしかに日本にはからくり人形の歴史もあるしね。だけど日本人のロボット愛は、アトムよりも前、この時代からあったってことか、なんか感動するなぁ」

「あとむ？」

「鉄腕アトムは子供の人造人間の話で、手塚治虫って漫画家が描いた歴史に残る傑作なんだ」

「まぁ、私も読んでみたいわ」

「いつか読めるよ」

「そうね、いつか読めるわね」

ふたりは活人形の小屋を出て、ライオンや黒ヒョウのいる場所に移った。唯がライオンの子供にいたく感激しているのを見て、薫は、彼女にパンダを見せてあげたいと思った。

「お腹すいたね」

「えぇ、食堂に入りましょうか」

ちょうど猿小屋をはさんで向かいに和食食堂と書かれた建物が見える。

「あそこに行く？」

「さっきの活人形のとなりに洋食食堂もありましたけど」

「唯さんはなにが食べたい？」

「私はなんでも。薫さんは？」

カレーライスがまず頭に浮かんだが、この時代の味に不安があったので和食食堂をえらんだ。食堂のなかは時が経ってもそんなに変わらないと感じた。テーブルとイスの素材がちがうくらいだろうか。

薫は支那そばを、唯はいなり寿司とのり巻きのセットを注文した。楽しそうにのり巻きを食べている唯の顔を見ているうちに、薫はこのまま未来に戻れなくてもかまわない気がした。

「薫さん、ポケットに入れている根付、見せてくださらない？」

「根付？」

キーホルダーがついた鍵を取り出し、彼女に渡した。家の鍵をいつもズボンのポケットに入れている。今は使えなくとも習慣となっていた。

「これは鍵かしら？」

「うん」

「この根付、ラケットの形なのね。とてもすてきだわ」

「それはキーホルダーっていってね、子供のころにもらったんだ」

「ずっと大事にしていらっしゃるのね」

「たしかに。お守り代わりになっているなぁ」

シルバーのラケットは、もうすっかり黒っぽく変色している。

唯はそのラケットで素振りのまねをしたり、いとおしそうに人さし指で撫でている。

「唯さんもお守りみたいに、いつも持っているものはないの？」

唯は数秒考え、「ありますわ」と言って、バッグから櫛を取り出した。

「母の形見ですの。白檀で出来ているので、とても良い匂いがしてよ」

唯は目を閉じ香りをかぐと、薫に手渡した。

まねをしてかいでみると、なんとも上品で柔らかな匂いがする。記憶に残る香り。

「ほんとだ。良い匂いがする。香木で作られているなんてめずらしいんじゃないかな。よく知らないけど、櫛ってつげが多いんじゃない？」

「ええ」

薫から受け取った櫛を、唯は大事そうに仕舞った。

食堂を出て歩いているうちに、大衆演劇や見世物の小屋がならんでいる一画に入った。

ろくろ首や蛇おんなという、いかにも怪しげな幟（のぼり）が揺らめいている。

「蛇おんなって蛇の刺青でもしているのかな」

「蛇を身体にたくさん巻き付けているんですって。食べてしまう人もいるって、はるが言ってましたわ」

「へぇ、はるさんが」

「薫さん、入ってみたいんじゃあなくって？」

「ちょっと怖いものみたさもあってね」

「だったらお入りなさいな。私はここで待っていてよ」

「一緒に入ってみない？」

「蛇は苦手なんですもの」

「なら、芝居にしよう」

薫は少し残念だったが、二人で大衆演劇を観ることにした。演目は『月形半平太』。「月さま、雨が」「春雨じゃ、濡れてまいろう」の台詞が有名だということしか知らない。

畳の上の粗末な座布団に座って開演を待った。始まったものの、役者たちの演技は田舎芝居もいいところだった。足もしびれてきた。

「となりの映画館へ行かない？」と薫は唯の耳元でささやいた。彼女はほほえんで頷いた。幕間にそっと抜け出すと、顔を見合わせて笑い合った。

「ねぇ、薫さん。映画の前に、ここで一枚撮ってもらいましょうよ」

ふたりは『写真館』という看板のある小さな建物に入った。

「いらっしゃい。これはまた、えらいべっぴんさんだね」

写真館のおじさんは唯を見て、愛想を振りまいた。

「記念写真をお願いします」

「はいはい。お嬢ちゃんはそこの椅子にかけて。お兄さんはうしろに立って」

薫は指示されたとおり、唯のうしろに立った。

おじさんは写真機を調節し、

「こっちを見て。そうそう。はい、ハ・ト・が・で・ま・す・よ」

薫たちはつられて自然に笑っていた。

「それじゃ、ここに住所を書いてね。できたら送りますよ」

唯は渡された用紙に鉛筆で住所を書き、

「よろしくお願いします。楽しみにしていますわ」と、ていねいにおじぎをした。

「つぎは映画ね」

ふたりは写真館をあとにした。活動写真館では溝口健二監督のサイレント映画『日本橋』が上映されていた。

薫は溝口監督のファンである。溝口健二の『近松物語』は昭和二十九年に作られた白黒映画で、ケーブルテレビで偶然に観てから、薫自身の映画ランキングトップ3の中に入るくらい好きになった。どの場面を切り取っても絵になる、最高の芸術作品だと思っている。

サイレント映画となると、二〇一五年では国立映画アーカイブにでも行かないと観ることはほぼ不可能だ。でもここでは数年前のヒット作として楽しむことができる。ちょうど数分前に始まったところで、ふたりは一番うしろの席にかけた。

「私、この作品観たかったの」

「僕も。溝口監督のファンなんだ。こんな古い作品を観られるなんて」

一瞬怪訝な顔を見せた唯だが、すぐに納得したようだ。『日本橋』がサイレント映画なのが薫には新鮮だった。

――そういえば今日は特高の姿を見なかったな。僕は無関係だと認識されたのか？　それとも他に大きな事件でもあったのだろうか。

花屋敷を出るころにはあたりは暗くなりはじめ、浅草は夜の顔に変わりつつあった。

二宮家に戻った薫は隆之介の帰宅を待ち、唯をさそって彼の部屋を訪れた。

「お兄さま、ちょっとよろしい？」

唯が扉をノックし、先に入った。

「失礼します」

「やぁ、明日の神戸行きの打ち合わせかい？」

「それもありますが、そのまえにお話ししたいことがあるんです」

「まぁ、座ってくれたまえ」

薫は桜の彫刻が施された木製の椅子に腰をかけた。いつのまにか、唯は窓際のちいさな椅子に座っている。

「薫さん、あのことね。浅草寺の再建の」

「浅草寺の再建？」

隆之介が不可解な表情になった。

「はい。どうして瓢箪池が埋め立てられたのか、それは浅草寺が焼失したからで、その原因は第二次世界大戦なんです」

「第二次世界大戦⁉」

隆之介は驚愕の声で、唯は声もなく叫んだ。

「一九三九年、つまり今から五年後。ドイツのポーランド侵攻が、第二次世界大戦のきっかけになります。日本はドイツ、イタリアと三国同盟を結び、一九四一年には米英との戦争に突入します。日本と米英などの連合国との戦いを太平洋戦争と呼びます」

「それで、日本は……」

「敗戦します」薫はうつむいて答えた。

「米英を相手に勝てるはずがないじゃないか。なんて愚かなことをこの国は」

「そうです。だけど僕がこの事実を知っていても、時代の流れを止めることはできません。でも、せめてお二人にはなんとしても生き延びてほしいんです」

「……そうか。この平和な時間も、数年で終わるのか」

「いやよ。戦争なんて、絶対に、絶対にいや！」

「僕は、日本が戦争をするとしたら中国かと思ったよ」

「日中戦争、それはたしか三年後の一九三七年に始まります」

「なんだって」

「そんな、中国とも戦争になるなんて」

「満州事変からこっちすっかりきな臭くなっているし、当然の成り行きかもしれない。薫君、太平洋戦争等はいつ終わるの？」

薫は持てる限りの知識で、日本の辿った道を二人に説明した。

隆之介と唯は身じろぎもしない。

「終戦は一九四五年、昭和二十年八月です。それと……、その年の三月に東京は米軍の爆撃機による大空襲で火の海になるんです。その犠牲者は八万人以上と言われています」

しばらく三人は無言だった。やがて隆之介は長い吐息をつき、唯は静かに涙した。

「薫君。教えてくれてありがとう」

「そうね、どんなに辛いことでも心構えができていれば、ずいぶんと違うと思うわ」

「そう言ってもらえると、僕も気持ちが楽になります」

「明日はいよいよ神戸ですわね。私とお兄さまも同じ汽車に乗ればよろしいのね」

気持ちを切りかえたのか、唯が明るい声で言った。

「お願いします。僕は先に出ます。早めに駅に行ってやらなきゃならないことがあるので」

「薫君、かならず成功させるんだ！」

三人は手を重ね合わせた。

【第九章】　箱根丸出港

出発の日が迫り、次郎はレコード店をまわった。早苗の好きなレコードを買い集め、英国で手に入れたポータブル蓄音機とともにトランクに収めた。レコードは十数枚にもなった。その隣にはきれいに畳まれた日本国旗もあった。

国旗とレコード。この二つの買い物は、まさに次郎の心模様を象徴していた。

三月二十日、東京駅出発当日。

「さあちゃん、もうお別れだね」

次郎は早苗の顔を食い入るように見つめた。

「次郎さん……、そんな風に言ってはいや」

「……」

「今生の別れではないのよ。だから、いつものように『行ってまいります』とおっしゃって」

そう言いながら、早苗は目に涙をいっぱい浮かべている。

次郎は早苗の震える肩を、そっと抱いた。

荷物を携え二人はダンスホールへ行き、繰り返し流れるワルツを漂うように踊った。

出発の一時間前まで、無言で踊り続けた。


東京駅午後九時二十五分発の夜行に乗るまで時間は十分にあったが、薫はどうしても早めに駅に行く必要があった。

夕方、世話になった二宮家の人々に別れを告げ、玄関を出た。

唯と薫は並んで門へと歩を進める。薫は一歩一歩を惜しむように歩いた。

「薫さん」

門まで数歩のところで、唯が立ち止まった。

「ほんとうに、行ってしまうのね」

薫は唯の手を取った。

「しばらくしたら戻ってくるし、神戸までは一緒だよ」

「ええ、でも……」唯は瞳を潤ませ、「なぜか、私、とても不安で」

その姿がいとおしく、薫は思わず唯を抱き寄せた。

「心配しないで」

ゆっくり頷き、手をふる唯は幼子のようだ。薫はともすると駆け戻りたくなる気持ちを抑え、真っすぐ前を向いた。

小さくなる薫の背中を追いながら、これが見納めだと、唯は予感した。


次郎と早苗はダンスホールから東京駅へ一緒に来るが、一旦別れて、乗車予定の列車を牽引する機関車の前で落ち合い、最後の別れをする約束をしていた。

しかし、早苗が見送りの人々や大勢の記者たちに囲まれたため、この約束が果たされなかったことを、薫は次郎の歴史を調べていく中で知っていた。

どんなに心残りだっただろう。二人ともずっと引きずっていたにちがいない。

薫はこの「約束の機関車での別れ」をなんとしても実現させたいのだ。

東京駅に着くと、機関車までの行き方を何度もシミュレーションした。そして、少し遠回りだが人目につきにくいルートを探り出した。

時間になり次郎と約束した場所で待っていると、目深に帽子を被った次郎が、スカーフで口元を覆った早苗を連れて小走りに近づいてきた。たしかにこれでは一見誰なのか分からない。

「やぁ、薫君。一緒に来てくれるなんてありがたい。僕は他の選手たちのところに行かなくてはならないから。さあちゃんは機関車のところで待っていて。そこで、最後のお別れをしよう」

早苗は、悲しげに頷いた。

「早苗さんは僕が責任を持ってお連れします」

次郎は少しびっくりしたように薫を見て、

「たしかに、列車のまわりは報道陣や見送りの人で溢れているから、さあちゃん一人じゃ前に進むのも難儀かもしれない」

次郎はよろしく頼むと言うと、帽子を深く被り直し、辺りを気にするように左右を見て、人ごみの中に消えて行った。薫は、

「すみません。手を繋いでいないとはぐれそうなので、失礼します」

としっかり早苗の手を取り、早足で歩き出した。途中、目ざとく早苗に気づき、呼び止める人が何人かいたが、薫は強引に引っぱって先を急いだ。

やっと機関車のところにたどり着き息を整えていると、列車の中から次郎が現れた。

薫は胸が熱くなった。「約束の機関車での別れ」を成就させるのは、次郎の自殺を防ぐことと同様に自分に課した重大な事柄だったからだ。

見詰め合っている二人を横目に、薫はすばやく列車に乗り込みその場を離れた。

客車内を注意深く見ながら歩いたが、当然乗車しているはずの二宮兄妹がいない。

——おかしいな、見過ごしてしまったのか？

客車の出入口から身を乗り出し、ホームに目を凝らした。

「かおるさまぁ〜」そのとき、たしかにそう聞こえた。

「かおるさまぁ」雑踏のなかから微かに聞こえる声の主を探す。

——えっ、なぜ？

人をかき分け息を切らしながら、はるが手を振り薫に近づいてくる。

急いで列車から降り、はるに駆けよった。

「唯さんたちは？」

「あぁ薫さま、大変なことに」

「二人になにかあったんですか？」

はるは周りをはばかるように片手を口元にあてた。

「隆之介さまが……、隆之介さまが特高に捕まってしまいました。唯さまは警察へ」

そう言うとはるは崩れるように倒れかけた。薫はとっさに背中を支えた。

「大丈夫ですか、はるさん！」

はるはどうにか体勢を立て直し、申し訳なさそうに薫におじぎをした。

「隆之介さんが捕まったって、どういうことですか」

はるの話によれば、隆之介は沖田に呼び出されて出かけた。待ち合わせた場所が共青のたまり場だったため、運悪く強制捜査と重なり巻き添えを食ってしまったらしい。

約束の時間を一時間過ぎても隆之介が戻らないので、唯は隆之介の友人関係をあたり、この事実を知ったという。

薫は、はるにしばらく駅の待合室で休んでから帰るように言い、発車ベルが鳴り響く中、列車に飛び乗った。隆之介の救出に向かおうかとも考えたが、薫自身が特高に目をつけられている段階で動けばかえって足をひっぱりかねない。ぎりぎりまで迷ったが、神戸行きを選んでしまった。車窓の景色は、すでに帳の内である。

列車の揺れに身を任せながら、なぜ隆之介は沖田に会いに行ったのか、彼はどうなるのか、そんな疑問が頭のなかを駆け巡る。緊張しきった脳も、やがて睡魔におそわれ、薫は眠りに落ちた。一時間も眠っただろうか、急に背中にするどい視線を感じ目が覚めた。振り向いて後方を確認したが、皆眠っている。とくに怪しげな人物は見当たらなかった。

――勘違いか。

頻繁に振り返る薫に気付いた後ろの席の男性が、訝しげな顔をしている。慌てて姿勢を戻したが、寒気のようないやな感じは消えない。

――なぜ？

目を閉じ揺られているうちに、薫は再び眠りについていた。

翌日、神戸に着き、次郎たちは甲子園ホテルに荷物を下ろした。一行は二十三日までここに泊まる予定である。

薫はすぐにロビーにある電話室から二宮家に電話をかけた。交換手がとりつぐ間がもどかしい。いらいらしながら受話器を握り締めていると「もしもし二宮でございます」とはるの声がした。

「薫です。はるさんですか、唯さんはいますか？」

「薫さまでございますか。それが、お嬢さまはとてもご憔悴なさって……、あっ、少々お待ちくださいませ」

少しして「薫さん⁉　薫さんなの⁉」唯のすがるような声が聞こえた。

「唯さん、ごめん、大変な時にそばにいられなくて」

「ううん、私の方こそごめんなさい、一緒に行けなくなってしまったわ」

「隆之介さんは？」

「お兄さまは……、まだ警察に」

「なんで沖田に会いに行ったの？」

「きのう、沖田さんからお電話があって。私は、なにもこんな日に行かなくともと申しましたのに、お兄さまは『すぐに戻るよ。それに沖田にはもう会えないって、言うつもりだ』って言って出て行ってしまったの。約束の時間をとうに過ぎても帰ってこないので、お兄さまのお友達に訊いてまわったら、ようやく築地署にいることが分かって。私急いで参りましたけど、会うことは……叶いませんでしたの」

「そうだったんだ。お父上は？」

「いま、お父さまは知り合いの有力者の方に頼みに行ってますわ。薫さん、私、どうしたらいいのか……」

「唯さん、大丈夫。大丈夫だから。隆之介さんはかならず戻ってくるよ」

また電話すると言い、受話器を置いた。薫は自分自身に激しい怒りを覚えた。

――根拠もなく、大丈夫なんて言って。とてもそんな状態じゃないのに。それに僕は東京から遠く離れたところにいる。たとえ東京にいたとしても僕に何ができるというのか。何もできやしないいじゃないか。

薫は自分の無力さに打ちのめされた。しばらくロビーの椅子にすわり茫然としていたが、なんとか腰を上げ、次郎の部屋に向かった。

次郎の部屋を布井良助が訪ねてきた。

布井は細面で、目の大きいスラッとした好男子である。次郎のダブルスのパートナーとして共に戦い、昭和八年のウィンブルドン、ダブルスでは日本人初の決勝戦進出を果たしている。

無二の親友でもある布井は、今度のデ杯を母親の強い反対により辞退していた。

次郎が薫を紹介すると、「布井です、よろしく」と右手を差し出した。白い歯が印象的だ。

薫はこちらこそよろしくお願いします、とその手をしっかり握った。隆之介のことに触れようかと一瞬考えたが、やめた。布井が著名人だからといって、それで助けられるほど甘くはない。それに巻き込むわけにはいかないからだ。

今回の遠征メンバーである西村と山岸、藤倉の三選手もやって来て、誰かが持ち込んだ酒でちょっとした宴会のようになった。

「最初の海外遠征で、マニラのカーニバル祭のトーナメントに招待されたのを覚えているかい？」

布井の言葉に次郎は首を傾げた。

「あのとき僕は神戸高商の卒業試験があったんで、行こうか行くまいかずいぶん迷っていたんだけれど、君が『ユキマセウサトウ』とただこれだけの電報を打ってきてくれた。その簡単な電文に強く心を動かされて、行くことにしたんだ」

「そうかぁ。二人とも初めての海外遠征ではいろんな失敗をしたたね」

「忘れられないのはダラ汽船のプレジデント・ハリソンだよ。イガ栗頭で詰襟服だったたから、船内で高慢な白人の婆さんにボーイと間違われ、『デッキチェアを持って来い』と言われて大いに憤慨したよなぁ」

次郎は膝をたたいて笑いながら、

「香港で上陸したときもえらい目にあったね」

「そうそう、船に帰ろうとしたら、埠頭の入口で大きなインド人の巡査が頑張っていて、どうしても入れてくれなかった。出帆の時刻は迫るし、僕たちはこの船の一等船客だと英語でいくら説明しても、てんで相手にしてくれなかったね」

「あのとき、運よく船の事務長が通りかかって、巡査に説明してくれたので、やっと船内に帰れたけど、まったく冷や汗かいたよ」

「いま思えば次郎は詰襟服に鼠色の鳥打帽子、僕は怪しげな中折帽で、まぁ巡査が胡散臭いやつと見るのも無理はないんだが」

笑い声が狭い部屋を包みこんだ。布井にはその場を陽気にする魅力がある。

「しかし一番辛かったけれど喜びも大きかったのは、去年の欧州遠征だったね」

次郎は口元を少し緩めて大きく頷いた。

「去年中で君が一番調子が良かったのは、フランス選手権大会と全英庭球選手権大会のときだと思う。あの時の君はすばらしかったよ。フランス選手権大会の準々決勝で、ローランギャロスの大スタンドを埋める大観衆の拍手を浴びながら、君とペリーが現れる。ペリーが見るからにそわそわとしていたのに引きかえ、君は落ち着いた表情でノッシノッシと頼もしく歩いていた。君の人気はすごかったなぁ。ボン、サトウと叫ぶ観衆の歓呼の声が今でも耳に残っているよ。日本人として、しかもチームメイトとして君を持つ僕は、瞬間なんとも言えない嬉しさで目頭が熱くなった。こんな気持ちは、おそらく僕たちでなければ味わえないだろうね。

コシェーはこの試合を観て、佐藤は世界有数の戦術家だと評したけれど、僕もそう思うよ。たしかあれが、君のペリーに対する最初の勝利だったね。去年の次郎はローランギャロスではペリーを破り、デ杯戦ではクロフォードを破り、ウィンブルドンではオースチンを破って、世界の一位から五位までの選手をほとんど皆破ったんだ」

次郎がオースチンに勝利した日、イギリスの新聞は『佐藤、オースチンを破る』と赤インクの大見出しで報じた。

「だけど、良助、君なしで今度のデ杯はどこまで行けるか……、僕は、ときどき不安で押しつぶされそうになるんだ」

次郎の両目は赤くなっていた。

翌日、薫は何度も二宮家に電話をかけたが、留守のようで繋がらなかった。すぐにも東京へ行きたい気持ちを抑え、努めて明日のことに集中しようとした。

隆之介はきっと有力者の支援で無事に釈放されるにきまっている。沖田だってこれまでそうやってきたのだから。そう薫は自分に言い聞かせた。

次郎たちが壮行会に出かけている間に、薫は箱根丸の下見に行くことにした。

東京のことはもちろん心配だが、薫にはやらねばならない使命がある。気持ちを切り替えることに努めた。

神戸港に着き、船を探す。

日本郵船が誇る欧州航路の花形客船箱根丸は、巨大な堂々とした造りで一目で分かった。薫は少し離れたところから、怪しまれないように注意しながら様子をうかがった。

——さて、どうやって潜り込むか。

船への人の出入りはまだそう多くはない。目の前を通りかかった航海士の制服を着た若い男性に声をかけた。小説を書いていると言い、船についていろいろ尋ねた。彼はクルーのことや中の様子など薫の質問に親切に答えてくれた。

次郎には、薫は神戸まで見送りにきたと言っている。密航のことを打ち明けるべきか迷ったが、いらぬ心配をかけるため黙っていることにした。

船員から聞いた情報を頭で整理しながら、薫は駅に向かい歩きだした。

「三ツ矢！」

建物の陰からいきなり男が現れ呼びかけた。特高の氷室だ。

「なんでここに」

「来るんだ」

腕を掴まれた。

——こんなところまで追ってくるなんて。夜行列車で感じた見張られているような視線は、こいつだったんだ。ここで拘留でもされたら箱根丸には乗れない。それだけは絶対に避けなくては。

「まだ僕が共青と関係があると思っているんですか」

「おまえ、さっき箱根丸の船員と話し込んでたな。目的はなんだ？」

「目的って、そんな。僕はただ、こんな豪華客船がめずら」

氷室は無言で掴んでいた手に力をこめて引っ張った。考えるよりも身体が反応した。薫は相手の力を利用して逆に思い切り氷室を突き飛ばし、海の方へ走った。起き上がった氷室に護岸の端で追いつかれた。胴体をがっちりと掴まれ、身体が宙に浮いたと思った次の瞬間、薫は地面にたたきつけられた。恐怖が走った。なんとか立ち上がったがふらふらする。氷室はニヤニヤしている。あっと思う間もなく、再び身体が宙に飛んだ。

ザッバァァアン……。

――えっ⁉　なに⁉

口と鼻に海水が一気に流れ込んできた。冷たい氷水を浴びたようだ。

――海に落ちた……？

もうおしまいだ。暗い海中に沈みながらぼんやりと考えた。

あきらめかけたとき、『このまま泳いでできるだけ遠くに逃げろ』という声が心に響いた。

ハッとした薫は水面を目指した。そのあとは目立たぬように泳ぎ続け、小型船の停泊している場所へたどり着いた。体育の時間に着衣水泳をさせられた経験が役に立った。船にしがみつき、周囲を見渡す。氷室の姿は見当たらなかった。暗さが増していた。警戒しながら岸に上がり、近くの小屋まで小走りで近付いた。鍵はかかっていないようである。中が無人なのを確かめるとそっと入った。とにかくこの濡れた衣類をどうにかしなくては。

小さな窓の隙間から風が吹き込んでくる。作業服を見つけ着替えた。ズボンは脱いで海水を絞った。ズボンのポケットを探ると奇跡的に財布があった。ほっとしてしゃがみ込んだ。だが、長居をするわけにはいかない。足元に落ちていた麻袋に脱いだ衣類を入れ、急いで小屋を後にした。

寒さに震えながらしばらく歩くと、薄汚れたような家が軒を連ねる寂れた通りに出た。ポツリポツリと明かりが見える。「宿」と書かれた看板が取れかかっている家の前に立った。

薫は、勇気を出して戸を開けた。

「ごめんください」

人影がない。入口に火鉢が置かれていた。そのほのかな温もりに人心地がついた。

「ごめんくださぁい」もう一度大きな声で呼んだ。

障子がひらき、背中がすっかり曲がり、やせ細った老人がのろのろと現れた。

「今晩泊まりたいんですが」

老人は皺だらけの顔を薫に向け、その細い目をさらに細くし何か言った。

「えっ？」歯がないのか、声が小さい上にもごもごして聞き取りにくい。

「いちえん」

「一円、ですか？」

老人はあさっての方を見て頷いた。

――高すぎる、一円だなんて。木賃宿のはずなのに、爺さん足元を見たな。

薫はしかたなく財布から濡れた札を出した。

老人は札を明かりに透かしたり、ひっくり返したりしてから、黙って奥の方をあごで示した。

薫は軽く頭を下げ、靴を脱いで廊下を進み扉を開けた。

とたんに汗と体臭とカビ臭さが混ざって発酵したような臭いに襲われた。反射的に後退りしたが、気を取り直してゆっくり部屋に入った。裸電球のスイッチをひねる。赤茶けた畳がざらざらする。隅に色褪せた布団が重ねてあった。不潔極まりないが、今の自分に選択肢はない。

——そうだ、とにかく次郎さんに連絡しなくては。

薫は入口に戻り、老人に、

「あの、電話を貸してもらいたいんですが」

老人はちらっと薫を見てから、手のひらを上にして手を出した。

——うん？　あぁ金を払えってことか。

電話代が幾らか分からないので、財布にあった小銭を全部その干からびた手の上に置いた。

老人はぶつぶつ呟きながら小銭を数えると、壁に設置された電話機を指差した。

「お借りします」

薫は電話交換手を呼び出し、甲子園ホテルにつないでもらった。

薫の帰りが遅いことを心配していた次郎に、こっぴどく怒られてしまった。

特高に追われているのでホテルに戻れないこと、荷物を取りに行きたいということを小声で話した。次郎は大層驚いていたが、すぐに反応してくれた。薫は電話を切り、宿を出て甲子園ホテルの裏口を目指した。

裏口に近い、ゴミ置き場のそばの植木の陰に隠れていると、一人のボーイが薫の荷物を抱えてやってきた。辺りを見回している。薫は周囲に注意を払いながらボーイに近づいた。

「三ツ矢様ですか？」

薫は小さく頷き、

「ありがとう、荷物を持ってきてくれたんですね」

「はい。お手紙も預かっております」

ボーイは胸ポケットから封筒を出した。

「それでは失礼致します」

「あっ、佐藤さんによろしくと伝えてください」

「かしこまりました」

ボーイの視線を背中に感じながら、薫は再び闇に紛れ、暗がりで乾いた服に着替えると、木賃宿へ急いだ。

宿の部屋に戻ると、すでに二人の先客がいて酒盛りの真っ最中だった。

「兄ちゃんも一緒にどうや」

赤い顔の男たちが声をかけてきた。

「ありがとうございます。僕、具合が悪いので、すみません、先に休みます」

「僕やて」二人は野卑な声をあげた。「まぁえぇわ、ほな休んどき」

頭を下げた薫は、そっと隅に布団を敷いた。

――そうだ、手紙。

次郎からの手紙には、危険なので明日は見送りはせず夏保に帰るように、君にはとても感謝している、といったことが書かれていた。

「そういやぁ、港で取っ組み合いして海に落っこったやつ、どないなってん」

二人が薫のことを話題にし始めた。

「あぁ、落としたもんがえらい捜してたみたいやけど、見つからんかったからあきらめよって帰ったわ。わしらもよう捜したけど、暗うなって見つけれなんだわ」

「ほんまやな、こんな時期に海に落ちたらおしまいやろ」

「そら、生きとらんやろ」

――生きてるよ、おあいにくさま。でも、氷室はあきらめたのだろうか。

二人はしばらく騒いでいたが、そのうち地響きのようないびきが聞こえてきた。

薫は湿っぽい布団をかぶり、ひたすら朝を待った。

三月二十三日。

薫は夜明けとともに木賃宿を出て、箱根丸に向かった。

次郎たちは十時にホテルを出て、西村旅館で休憩を取ることになっている。

神戸港に着くと、極力目立たぬように物陰に隠れて小さくなっていた。道々注意深く見てきたが、今のところ氷室はいないようだ。

箱根丸には荷物の積み込みで多くの荷役たちが出入りしていた。そのなかで最も若そうな一六、七の若者に目を付けた。彼が陸に上がったところで話しかけ、物陰に誘った。

そして太郎に貰った金で丸めこみ、彼と入れ替わることになった。服や靴も譲ってもらった。幸い、この青年は箱根丸が初めての仕事で、まだ船の人間の誰とも親しくはないということだ。

着替えて荷役の作業に加わると、箱根丸から制服の袖の金筋が目を引く船員が下りてきた。なぜか薫の方に近づいてくる。

――まずい、ここで見つかったら全てが水の泡だ。

薫はもらった帽子を深く被りなおした。白い制服の長身の男は、一歩ずつ確実に迫ってくる。

――金筋は一本だ。ということは三等航海士か？　布井さんたちがそんなことを喋っていたっけ。

船員は薫を注視しているようである。薫は心臓が口から飛び出そうになった。とにかく、平静を装わなければならない。トラックに積まれた木箱に手をかけたとき、後ろからポンと肩をたたかれた。薫は思わず飛び上がった。

「君、見かけない顔だな」

「今日がはじめてなんで」

船員は薫の頭からつま先まで眺め、ゆっくり視線を戻した。

「鑑札を見せなさい」

——鑑札!? 鑑札ってなんだ?

頭が真っ白になった。必死に言い訳を考える。失くしたと言おうか。それでは確認を理由に留め置かれるだろう。そんなことになったら密航は無理だ。まずはダッシュで逃げるか。いや、逃げたら警戒がきびしくなって、荷役にまぎれて乗船なんかできなくなる。

「それは……その……」

——鞄に入れてあるから取ってくる、とでも言うか。しかし鞄を持ってる作業員なんているのか?

「エクスキューズミー!」

そのとき、金髪の太った中年の婦人が船員の腕をつかまえて、英語でまくしたて始めた。隣に夫らしき背の高い白人の男性が立っている。

「私たちの荷物がなくなったから、一緒に来て捜しなさい」と言っているようだ。

船員が「今取り込んでいるのであちらにいる他の船員に言ってください」と答えたことで、

二人は「日本の船員は不親切だ、船に戻ってちゃんと捜せ」と怒りだした。

「ちょっと待っていなさい」

船員は薫に強い口調で言うと、外国人夫婦に挟まれるようにして乗船口へ向かった。

心臓がまだ早鐘を打っている。薫は心のなかで、二人の背中に手を合わせた。

浅い呼吸を繰り返し、若者に教わったとおり食品の積み込みや整理の作業に加わった。隙を見てどうにか船内に潜り込んだ。自分の荷物も持ち込むことができた。もちろん氷室には気を付けていた。一度それらしき人物を見かけたが、勘違いか、あるいは変装用に丸メガネをかけていたので見過ごされたのかもしれない。

二時半をまわると、甲板も船着き場も大勢の人でいっぱいになった。

薫は船倉の食品庫に潜み、じゃがいもや、玉ねぎの入った麻袋の間で出港のときを待った。

やがてボウォーと汽笛が鳴った。それを合図に、船が岸壁を離れ始めたようだ。

船尾の方から早稲田大学の校歌が聞こえてきた。見送りの人々に向かって歌っているのだろう。泣き叫ぶようなその声は、すぐに次郎のものだと分かった。やがて歌声は慶応や明治の校歌に変わり、しばらく続いた。

夜九時を過ぎたころ、作業服から着替えた薫は荷物を持ってそっと甲板に出て、それとなく次郎を探した。次郎はすぐに見つかった。手すりに寄りかかり、闇に包まれた海を見つめている。薫は近くに寄り、ささやくように声をかけた。

「薫君！　どうしてここに？」

「じつは、僕は最初から乗船するつもりだったんです。でも事情があってパスポート、いや旅券が取れなくて。で、密航しました」

「みっこう⁉」

次郎が思わず大きな声を出したので、薫はあわてて人差し指を口にあてた。

「そんなばかな」

目を見開いた次郎はささやくように言った。

「僕は大丈夫です。いまのところ誰にも気づかれていないし。気にしないでください」

「気にしないでって、そんなわけにいかないだろう。だけど、君はなんでそこまでしてこの船に？」

「それは……なんというか、ともかく、僕はどうしても乗船する必要があったんです」

「必要？　まぁいい。じゃ寝床はないんだろ？」

「はい、でも救命ボートにもぐり込みます。ダウンもあるし」

「ダウン？　あの変わった上着か」

「はい」

「しょうがないなぁ、僕の部屋で寝なさい。鍵は二つあるから、君に一つ渡しておくよ」

「えっ」

「救命ボートは危険だし、見つかる可能性が高い。乗船前も氷室とか名乗る刑事が、僕らをしつこく監視していたよ」

「やはりそうでしたか」

「そういえば、この船に君によく似た青年が乗船しているんだ。さっき会ってびっくりしたよ。それにしてもまさか薫君、君が乗っているとは」

「それは僕にとっては好都合です」

「？」

「いざとなったらその人のふりをして切り抜けます」

「そうか、そういうことも考えられるね」

　船室に戻った次郎は、ボーイにブランケットを数枚持ってこさせた。薫はそのブランケットをかぶり、床に横になった。


　薫の船内での生活は六時のモーニングコーヒーの前に起き、荷物をまとめクローゼットにしまうところから始まる。はじめは読書室や、甲板に設置されているデッキチェアで目立たぬように日中を過ごすつもりだった。だが、箱根丸は約一万トンの貨客船で一等船客は百人に満たない。そのため、よそ者がいるとすぐに認識されかねない。あきらめて、薫は次郎の部屋の洗面所に隠れていることにした。

バックパックに入れていた文庫本、本屋で偶然手にして買ったラッセル・ブラッドン著・池央耿訳の『ウィンブルドン』を読んでいたら、六十二ページにいきなり佐藤次郎のことが書かれていた。亡命したソヴィエト連邦の選手を世界ランキング二位のオーストリアの選手ゲイリーが助け、ゲイリーの父親が国による違いを説明するとき、「佐藤という名のプレイヤーを知っているか?」と切り出す。そのあと簡単な次郎の死の説明があり、六十四ページにある二行の文章に続く。

「もし佐藤がまだ生きていたら、父さんは僕に、自殺を思い止るように説得しろって言うだろうね」ゲイリーはやれやれという顔で言った。「まぁ努力はするよ」

薫はこの三ページを繰り返し読んだ。

どうしても外の空気を吸いたいときは、次郎の服を借り、顔に帽子をのせデッキチェアで寝た。移動のときは、帽子の下から周囲に人がいないのを確認し、その場を離れた。

アールデコの美しい柱や照明で彩られているサロンや、食堂への出入りはもちろん避けた。ときどき夜に、アメリカの喜劇や日本の風景を映した映画の上映会があった。ティーパーティーやダンスパーティー、甲板で行われるゲームなどもあったが、他の選手たちと違い、次郎はそうした催し事にはいっさい出ない。

薫は本来、次郎を守るために潜入したのにもかかわらず、迷惑ばかりかけている自分が情けなかった。食事は次郎がルームサービスをとってくれる。

「すみません、僕のせいでルームサービスばっかりで」

「いいんだ。食堂に行くのにいちいち着替えるのも面倒だし、こっちの方が楽だから。でも、毎回量が多いから、僕はよほどの大食漢だと思われているだろうな」

そう笑いながらも、次郎は頼んだ食事にあまり手を付けようとしない。

「胃の調子が悪いんだ。食欲もない」

と言って、腹のあたりをさすりながら横になることが多かった。

日本を離れてから、次郎の体調は悪化しているようだ。

デ杯に参加するということは大学卒業を見送ることであり、それによって早苗との結婚や就職も台無しになるのは必至だった。

次郎はなかなか熟睡できないようで、夜中にうなされて大声をあげることがある。

その度に脂汗をかいて飛び起きる次郎に、薫は心を痛めた。

薫は薫で、毎晩同じ夢を見て目が覚めた。特高に痛めつけられて全身紫色に腫れあがっている隆之介が現れ、薫になにかを伝えようとするのだが、うまく聞き取れない。

緊張の日々が続くある夜のこと、船室のドアをノックする音がした。

電報というボーイの声が聞こえる。ドアを閉め、それを開いた次郎の顔が蒼白になった。

そして無言で薫に差し出した。電報は唯からで、佐藤次郎宛である。

『リュウノスケシス、カオルシヘデンゴンコウ』

「うそだ！　隆之介さんが……隆之介さんが、死ぬはずない！　隆之介さんが……」

そう言いながら薫は泣き崩れてしまった。

「間違いだ……間違いだよ」

次郎は、薫の背中をやさしくなでることしかできなかった。

【第十章】　海上のサムライ

船はシンガポールへ近づいている。

次郎は体調の悪いなかでも安定しているときは、持参した蓄音機でお気に入りのレコードをかける。たまにボーイに紅茶とビスケットを用意させ、静かにお茶を愉しんだ。

そんなとき薫は、未来は自分自身のためにあることを、言葉を尽くして伝えた。

隆之介の死は、何としても次郎を救うのだという薫の思いを、更に強いものにしていたのだ。

――これ以上大事な人を死なせるわけにはいかない。悲しむ人を出してはいけないんだ。

「次郎さん、デ杯にこだわって自分の人生を見失っちゃだめですよ」

そう言ってから、なんでこんな陳腐なことしか言えないんだ、と薫は自分自身に呆れた。

「分かっているさ」

次郎はゆっくりティーカップをテーブルに置いた。

「この時代の人はお国のためにとか言って、自分を犠牲にしすぎています」

「この時代って、君もこの時代に生きているんじゃないか」

「あっ、そう、そうでした。だけど、次郎さん、今からだって変更できます。シンガポールで下りて帰国しましょう」

次郎は静かに吐息をついた。

「僕は、この両肩に、いろんなものをたくさん背負っているんだ。もう、どうすることもできやしないさ」

「そんなことないですよ。シンガポールで引き返すことが、結局みんなの幸せになるんです。それに、こんなこと言ってはなんですけど……、たかがテニスじゃないですか！」

次郎の顔色が変わった。薫を睨み付ける。

「薫君、僕にとって、テニスは国の名誉をかけた戦争なんだ！　戦場で兵士が命をかけるように、僕はテニスに命をかけているんだ。たかがテニスだなんて言ってくれるな」

「すみません。僕はただ……」薫は次郎の様子に圧倒され、言うべき言葉をのみこんでしまった。気を取り直し、丹田に力を入れた。

「でもやっぱり、テニスに命をかけるのは間違いだと思います！」

「僕の立場では、そんな甘い考えは通用しないんだ、君にはわかるまいが」

――わからないよ、わかるものか。けれど、僕にだってわかることがある。

「デ杯は今年行かなくても、来年があります、その次の年だって。けれど、もし命を失くしたら全てはそれっきりになってしまいます。次郎さんは行くべきじゃないんだ！　帰らなきゃだめだ！」

次郎は驚いたように薫に目を向けると、すぐに視線を落とした。

「……引き返すなんて、できるわけがない」

「次郎さん、次郎さんだって本当は帰りたいと思っているはずです。恥ずかしいんですか？」

「恥ずかしい？」

「ええ、そうです。次郎さんは今さら帰るなんて、恥ずかしくて言えないんだ。自分でも出場しない方がいいのはわかっているのに。みんなに拍手で送られて日本を出た手前、すごすご帰国するなんてできないんですよね。だから、お国のために、なんて言ってやせ我慢しているんです。だけど、一番大切なことを守りたいなら、どんなに恥ずかしくてもどんなに屈辱的でも、耐えて己を貫いてこそ武士道じゃないですか」

薫は自分がなにを言っているのか分からなくなってしまった。

次郎は、うつむいたまま黙って聞いていた。

甲板に出て、次郎はぼんやり海原をながめていた。薫が言った言葉が、壊れたレコードのように頭の中で繰り返し回っている。

――たしかに、日の丸を振って東京駅を旅立ち、いまさら帰国するというのは恥だと思っていた。だが、薫が言うように、一番大切なことを守るためなら、あえて恥をかく必要があるのかもしれない。

シンガポールで船を下りるか。

帰国を発表したらいったいどうなる？　協会は？　報道は？　人々は？　石を投げられないまでも恐らくみんなそれに似た感情を持つだろう……。それでも薫は、それに耐えてこそ武士道だと言った。

帰国を、宣言するか。

この世の恥辱を一身に背負い、帰国宣言をする、してみるか。だが、もし大恥をかいた上に失敗したら……。

そのときふと次郎の脳裡に『葉隠』の一節が浮かんだ。

武士道と云ふは死ぬ事と見付けたり

「薫君、僕は日本に帰ろうと思う」

いつものように船室に二人でいると、突然、吹っ切れたように次郎が言った。久方ぶりの明るい顔だ。

「えっ、今何て？」

「日本に帰るよ」

「にっぽんにかえる……日本に帰る⁉　そう、帰るんです！　帰りましょう！」

思わず次郎の手を握った。

「でも卑怯者だと言われるだろうな」

「言いたい人には言わせておけばいいじゃないですか。大事なのは他人のためじゃなく、自分の真の意志に従うことです」

「うん。シンガポールで船を下りて、照国丸で帰国するよ」

「僕も一緒に下船します」

——あぁ良かった。だけど、これからが本番だ。ほんとうに帰国するまで気を抜くことはできないのだ。


四月一日、夕刻。薫は甲板にいる次郎をそっと見守っていた。

箱根丸にはデ杯選手のために特設したボードがある。次郎はこのボードで球打ちをしていたが、心ここにあらずという感じだった。白球が海に落ちると、その場にじっと立ったまま、それが波間を漂いながら、後方に流れゆくさまをいつまでも見ている。

帰国を決心したのにまだ迷っているのか。

人前では元気そうに振舞っていても、一人のときの表情は孤独で苦しそうだ。後に、太郎が手記に残した言葉が薫の頭を過ぎった。

丈夫そうに自らも振舞い、他人にもそう見えながら、案外に弱かったのが、一生を通じての次郎の体質でした。人一倍の我慢強さが、之を補ってやっとあそこまで行ったのだと考えられます。晩年家庭愛から一切遠ざかった彼の生涯は、表面の華やかさに反し、内心非常に淋しかった事と思います。

四月三日。
次郎は考え抜いた末、屈辱感に耐え抜き、希望をとる道を選んだ。
それはまさに命をかけた大勝負である。
負けたときの覚悟はできている。
——いずれにせよ、遺書は用意しなければ。武士道に悖（もと）ることはできない。

早苗への遺書

早苗様
鳴呼運命、許して下さい。一寸したことが原因で私の頭の中に一つの集中を妨げる思いが生じてしまった。
日本出航以来の胃腸病のために衰弱以来、明日はシンガポール着。こうして書いている時でもその集中をさまたげるもの、集中出来ないと思ふこと、それ自身を考へる事が出来て私の頭の中を去来して去らない。従って其れ以来、物事が集中して出来ない。恐らくテニスも其の為に能率が上がらないだらう。
許して下さい。私は死ぬ。卑怯だが、こうなった以上やむを得ない。当然婚約を取消して下さい。鳴呼実際悪いことをした。私は貴女一家一族の御名誉をきづつけて……私の着物だけ兄に返して下さい。他の物はよろしかったら全部を御納め下さい。鳴呼悲しい。これがこの世の別れか……

昭和九年四月三日

次郎

一人にしてほしい、と言って次郎は部屋に籠った。扉のむこうからレコードの音が微かに漏れる。同じ曲が繰り返し流れている。『HAVE YOU EVER BEEN LONELY』早苗が好きな曲だからと出発前に購入した一枚。

なんだか今日はとても具合が悪そうだ。いつにもまして空気が張り詰めている。そうだ、今日は三日だ！　次郎は数通の遺書を残している。そしてその日付が四月三日なのだ。今それを書いているのか。

薫は遺書の内容を思い出していた。

日本庭球協会会長に宛てた長い陳謝の一通。早苗宛のインクの滲んだ一通。兄の太郎他家族、稲門の諸先輩、同船の選手、三井高修、住友元夫、御木本隆三、箱根丸船長宛の九通。なかでも佐藤太郎に宛てた一通は、悲しい。

たった一行の遺書だった。

兄貴許せ、私の不幸の罪を、色々御世話になった、死んでも忘れぬ

夕方、次郎が船室から出てきた。喫茶室にでも行くのだろうか。声をかけると、振り向いて、薫を見て少しだけ笑った。その笑顔が寂しすぎて、薫は動揺してしまった。

翌朝八時ごろ、次郎はキャビン・スチュワードに頼んで箱根丸の事務長を自室に呼んだ。洗面所に隠れた薫は、扉に耳をつけ船室の様子をうかがう。二人の会話が聞こえてきた。

「僕はシンガポールで下船して、照国丸で帰国しようと思っています。お手数ですがそのように取り計らってください」

「えっ、帰国？　何とも急なお話ですが、このことは他の選手の方々と相談されたのですか？」

「……」

「までしたら、皆さんと相談された方がよろしいかと存じます」

事務長は慎重に言葉を選んで話している。

「これは私個人の問題ですから、他の誰の意見も必要ではありません」

次郎の口調に、今まで聞いたことのないような激しい怒りが満ちている。

事務長は慌てて廊下に出て行った。間もなく西村、山岸、藤倉の三選手が事務長とともに次郎の船室へ駆け込んできた。

「ここまできて帰国だなんて！」

「そうですよ、僕らもいるし、休養すれば大丈夫ですよ」

「第一、次郎さん抜きでデ杯なんて勝てません」

事務長も加わり、四人はそれぞれに慰留に努めた。

その声は耳を近づけずとも薫にも聞こえた。

頑なに続行を拒む次郎に、

「それではシンガポールでしばらく静養されて、次便の諏訪丸で行かれてはどうでしょうか」

と事務長が妥協案を出した。

――やめてくれ！　次郎さんは行かないって言ってるんだ。やめろ。

薫は洗面所の扉を開けて叫びそうになるのを必死で堪えた。

「これが単なる胃病とか傷とかいうのならばそれでもよいのですが、そんな簡単なことではないのです」次郎が静かに言った。

その声音に事態の深刻さを悟ったようだ。誰も何も言わない。

無言のまま三選手と事務長が部屋から出ていった。

すぐに洗面所を出た薫は船室の扉をそっと開けて外を窺った。廊下で選手たちが話している。

「これは、もう僕らの手には負えない。すぐに庭球協会へ電報を打たなければ」

誰かの声が聞こえてきた。

人がいなくなったのを見計らい、扉を閉めた薫は次郎と向き合った。次郎の顔は憔悴しきっている。

「次郎さん……」

薫は掛ける言葉が見つからなかった。

こわばった顔に無理に笑みを浮かべ、次郎はベッドの上に鞄を広げ、荷物をまとめはじめた。

と、手を止めると薫を見た。目に光が戻っている。

「僕は船を下りるよ。誰が何と言っても、僕は帰る」

自分に言い聞かせるように、きっぱりと言った。

「帰りましょう！」

ふっと次郎に生気が戻った。

「あぁ」

「帰るんです、日本に！」

ふたりは固く手を握りあった。


箱根丸の西村選手らが日本庭球協会に送ってきた電報は、受け取った事務局主事の木原を驚愕させた。木原は、堀口会長に連絡をとってから返信するのでは機を逸すると判断した。

――佐藤が帰国だと！　ばかなことを。あんなに日の丸を振って出発したくせに、何を今さら帰国とは、恥知らずの愚か者が！　ここは独断で返信するしかない。会長とて同意見に決まっている。一刻も早く佐藤を止めねばならん。

木原は急ぎ佐藤次郎に宛て、堀口会長の名前で電報を打った。差出人を協会ではなく会長の個人名にしたのは、その方が強制力があると踏んだからだ。

箱根丸は予定通り午前十一時ごろにシンガポールに到着した。

午後零時半になると、次郎は迎えに来た在留邦人と共にタラップを下りた。次郎のパナマ帽を目深にかぶった薫は、荷物を持ち、彼の後ろにぴったり付いて迎えの人たちに紛れて歩いた。内心ひやひやしていたが、旅券の呈示を求められることもなく、すんなり下船できた。

ふたりは用意されていた車に乗り、会見が開かれるホテルへ向かった。会場にはすでに日本の各新聞社の記者らが集っている。次郎が着席し、取材が始まった。薫は取材陣の後ろに、目立たぬように立っていた。

「佐藤選手、ここで帰国するというのは本当ですか?」

少し間があり、次郎は答えた。

「なんとか健康を回復したいのですが、残念です。この調子で欧州へ行っても試合など考えられませんから」

「体調が悪いというのは、具体的にどういう症状なのですか?」

「医者が大丈夫だと言ったので、それに励まされて出発しましたが、船に乗り込むと体調が、前よりずっとひどくなってしまいました。今日はまだ良いのですが、終始頭がもやもやしていて、人と話をするのも辛いのです。何も目に入らなくなるし、船室で横になっていると脂汗がにじみ出すのです。その時の苦しさはとても言い表せません」

「ですが佐藤選手が抜けて、デ杯の勝算はあるのでしょうか?」

「僕が戦えない場合は、三木と落ち合った上で作戦の立て直しをすることになっています。勝算と言われましてもお答えしかねますが、他の選手が非常に元気なのは心強い限りです」

取材が終わると、次郎と薫はホテルの一室で休憩を取った。次郎は部屋に入るなり、疲れた、と一言いい革張りの大きな椅子に沈み込んだ。

薫は、これから催されるデ杯選手歓迎夕食会に潜り込むため、部屋を出た。

ボーイに扮し、この後届けられる電報が、次郎の手に渡るのを阻止しようと目論んだのだ。

夕食会の最中に届く、日本からの一通の電報。

庭球協会堀口正恒会長から次郎に宛てたものだ。

病気いかが　内地にてはデ杯選手のため基金募集に苦心中　無理してもマルセイユまでぜひ遠征決行せよ　堀口

この強圧的な電文が、自殺への引き金になる。

階下に降りてゆき食堂を見つけると、薫は年若いボーイに英語で話しかけた。

「僕はボーイとして雇われたんだけど、制服はどこにあるのかい？」

彼はにっこりしカモン、と右手で手招きし歩き出した。奥の部屋に入り、ロッカーから自分と同じ白い服を取り出した。

「ありがとう」

渡された制服に着替えて会場に入り、周囲に注意を払いながらテーブル・セッティングを手伝った。

さて問題は、電報を誰が受け取り次郎に渡すのか、だ。

さっきのボーイに「電報をゲストに渡すのは誰の役目か？」とそれとなく訊いてみた。

「とくに決まっていない」と彼は両肩を少し上げて答えた。

そうなると、夕食会が終わるまでずっとドアを見張っているしかない。

六時半をまわると、川村総領事をはじめとする要人と思しき人々が、次々と会場である大広間に集まってきた。

七時になり、次郎を迎えに来た在留邦人の一人が乾杯の音頭をとり、宴が始まった。会場はスター選手たちを迎え、華やいだ雰囲気に溢れている。

薫は、去年、結婚式場でアルバイトをした経験が役に立ち、ボーイたちの中にうまく紛れることができた。メインディッシュの皿を下げているとき、奥の扉が少し開いて、ロビーにいたボーイが入ってきた。手紙のようなものを別のボーイに手渡している。

――あれだ！

直感的に例の電報だと察知した。

――なんとしても奪い取らなければ。

皿を手にしたまま、小走りで近づいた。

その時、テーブルの下から幼児がいきなり出てきた。避けようとして薫は転倒してしまった。幼児にはぶつからずにすんだが、皿が飛びテーブル上のワイングラスが倒れ、女性客が悲鳴をあげた。薫は慌てて立ち上がり周囲にわびながら、割れた皿とこぼれたワインの始末をはじめた。はっと我に返り前方を見ると、さっきのボーイが電報と思われる紙を次郎に渡している。

――あぁー、なんてことだ。

次郎はそれに目を通すと、大きく肩を落としてうつむいた。

やがて顔を上げ、司会者になにかささやいた。

司会の男性の驚いたような顔が、満面の笑みに変わった。

「皆さん、たいへん嬉しいお知らせです。たった今、佐藤選手がデ杯続行を決心されました！」

場内が割れるような拍手と歓声に包まれた。全員が驚喜の表情のなかで、ただひとり蒼白な顔の次郎が立っている。

十一時半ごろ、箱根丸に戻るため、薫は荷物を持ち次郎の後ろに従っていた。タラップを上がりながら、前を行く次郎を引きずり降ろそうとどれほど思ったことか。

薫の後から三選手たちも上がってくる。急に心臓がドキドキしてきた。タラップを上がったところで旅券検査があるからだ。

「旅券は？」係の船員が薫にたずねた。

「部屋にわすれました」

いかにもうっかりしたように言ってみる。船員は無言で薫を睨み、右手で前をさえぎった。

少し先を行く次郎が気づいて戻った。

「彼は僕の友人で、日本チームの一員だ」

後ろにいた三選手たちは薫に気付くと皆目を丸くしたが、すぐに「そうだよ」と口々に言ってくれた。船員は薫を見て軽く顎をひき、船内を手で示した。

――助かった。また次郎さんに助けられた。

次郎の部屋に三選手が集まり、薫は密航の経緯を打ち明けて謝った。次郎から秘密を守ってほしいと頼まれ、それぞれ了承し自室に引き揚げた。

皆が去ると、疲れがどっと襲ってきた。次郎も憔悴した顔をしている。

二人は早々に横になった。が、薫は眠れるような精神状態ではなかった。ナイトテーブルのランプがぼんやり照らす暗い船室のなかで、心が張り裂けそうだった。次郎も眠れないのか、しきりに寝返りを打っている。


四月五日。丸窓から射しこむ陽の光に、薫はハッとして目が覚めた。

あれほど緊張していたのに、いつのまにか眠っていた。次郎の姿はすでにない。

薫は飛び起きると、急いで机の引き出しを開けた。中には備え付けの便箋と封筒が入っていた。震える手でそれらを取り出す。衝撃が体中を廻った。

遺書と書かれた数通の封筒。

薫は凍りつき、立ちすくんだ。こわばった両手で封筒を元に戻した。着替えるのももどかしく部屋を飛び出し、次郎を探しに甲板へ向かった。

——結局なにもできないまま僕はこの日を迎えてしまった。

今夜十時ごろ、次郎は海に身を投げる。

もう失敗は許されない。とにかく今日はずっと傍に付いていなくては。しかし、史実では、次郎の命日となっている今日という日を、無事に乗り切れたとしても、明日は？　明後日は？　一週間後、一ヶ月後はどうだろう。

彼の心を根本的に変えない限り、この恐怖から逃れることはできないのだ。

だが、とにかく今夜はやめさせなければならない、なんとしても。

甲板の手すりに腕を置き、海を眺めている次郎の背に声をかけた。

「薫君」

次郎は振り向いて、薫を見るとにっこり笑った。

そのあまりに屈託ない笑顔に薫ははっとした。登世子が「次郎兄さまは困ったときほど何でもないように笑ったりなさる」と言っていたからだ。

「ずいぶん早起きですね」

「薫君こそ早いじゃないか」

「僕たち……、またこの船に乗ってしまいましたね」

薫も手すりに腕を置いて、視線を海に向けながら、横目で次郎を見た。返答がない。

「でも、まだチャンスはあります。次の」

「もういいよ……、いいんだ」

「そんな……」

「それよりなんだか珍しく腹がへったな。ボーイに朝食を持ってこさせよう」

次郎はボーイを呼びにその場を去った。

薫は『残された方法』を必死になって考えた。

けれど、どんなに考えてもそれは一つしかなく、はたしてそれが最良か最悪かも分からない。最終手段と言うべきその方法をとったがために、最悪の事態を引き起こすかもしれない。だが、何もしなければ確実に次郎は死を選ぶだろう、たとえ今日でなくとも。

だったら、選択肢はない。

――告白するのだ。自分が未来から来た人間だということを。

昼過ぎ、次郎は真っ白な新しいユニフォームに着替え、新品のテニスシューズを履き、特設ボードの前に立っていた。白装束、一瞬そんな言葉が薫の脳裏を過ぎった。とても声をかけられる雰囲気ではない。ボールはスイートスポットを外してばかりで、次郎は海に落ちた白球の消えゆくさまを見つめていた。

大丈夫、まだ時間はある。薫はそう自分に言い聞かせた。次郎が部屋に戻るのに合わせて、薫も船室に入った。

「シャツも靴も新品ですね」

「あぁ、今日はそんな気分になったんだ」

淡々とした様子で硝子のコップで水を飲み、小声でつぶやいた。

「もっとテニスをやりたかったなぁ」

「えっ？」

「遊びのテニスをさ、もっとやりたかったなと思って。兄貴やさあちゃんと」

「やればいいじゃないですか。日本へ帰ったらいくらでもできますよ」

「……いつだったか、さあちゃんと君と唯さんでやったミックスト、あれは楽しかったなぁ」

次郎の細めた目にうっすら涙が滲んでいる。

薫は最後の手段をとることにした。

「次郎さん、これから僕の言うことはおそらく理解できないだろうし、信じてもらえないでしょう。でも聞いてください。じつは僕、二〇一五年からタイムスリップして来たんです」

「二〇一五年？　タイムスリップ⁉」

「はい。僕は、ほんとうは佐藤太郎の曾孫なんです。つまり僕の祖父は佐藤忍です。

西村旅館のあたりを歩いているときに地震が起きたと思ったら、いきなりこの時代に来てしまった。どうしてそうなったのか僕にも全然わからないんです……。だから、僕は知っているんです。今、次郎さんが考えていることを」

「そんなこと、あるわけないじゃないか」

「そうですよね、僕だってそう思います。だけど真実なんです。次郎さんは……次郎さんは……、死のうと思っているんでしょう」

薫を見つめる次郎の目が、赤い。

「僕は……、死ぬんだね」

「いえ、違います、違いますよ。考えを変えれば大丈夫です。今なら間に合うんです！　だから、死のうなんて絶対考えないでください！」

「……」

目を赤くしたまま、次郎は落ち着いた態度で軽く頷いて言った。

「ひとつ教えてくれないか」

「……」

「さあちゃんは、誰かと結婚するのかい？」

「それは……」

薫はどう答えてよいのか分からずうつむいた。

「幸せ、なんだね？」

その問いを振り切るように顔を上げて、次郎を見た。

「次郎さんに死なれたら、幸せになんかなれるはずがないじゃありませんか！　一生引きずってしまうんですよ、あなたを知る全ての人が」

次郎は目に涙をいっぱい溜めている。

薫は胸が熱くなった。

しばらく一人にしてほしいと言われ、薫は帽子を手に取り、船室を出た。乗員に見とがめられるのを覚悟で、甲板へ行ったり読書室へ行ったりしながら、何度も次郎の部屋の前を通った。乗船客のひとりに背格好、顔立ちが薫によく似た青年がいるというので、その人だと思ってくれることを期待するしかない。そのうち船室からは『ＨＡＶＥ　ＹＯＵ　ＥＶＥＲ　ＢＥＥＮ　ＬＯＮＥＬＹ』が繰り返し流れてきた。

夕刻、音楽が聞こえないのでノックをして扉を開けると、次郎の姿がない。薫は船内を走り回った。喫煙室でパイプをくゆらせている次郎を見つけたときは、心底安堵した。

七時。ディナーの時間のせいか甲板には人影がない。後の報道通りならば、その場所は、この辺りに違いない。薫はデッキチェアに座り待機した。例の時刻にはまだ時間がある。

告白したことが良かったのか悪かったのか。

――こうなった以上、僕にできるのはあの瞬間に立ち会い、思い止まらせることしかない。

悶々としながら、月明りに照らされたマラッカ海峡を見ていると、隣に四十代くらいの日本人らしい男性が座った。比較的小柄なその男性は、薫を見ると微笑みかけ「日本人ですか?」と話しかけてきた。はいそうです、と返事をしつつ、乗客との接触を極力避けていた薫はこの後の対応をどうすべきか決めかねた。

「私は帝国新聞の記者の七海といいます。英国特派員なんですが、偶然乗ったこの船にテニス選手の佐藤次郎が乗船していたので驚きました。大ファンなんです。あなたも見かけたでしょう」

「はい」

「あなたもファンですか?」

口が勝手に「もちろん」と言ってしまうと、七海は満足そうに頷き、自分が観戦した次郎の試合について得意げに語りだした。

「去年のウィンブルドンの準々決勝、全英第二位のオースチンを破ったんですよ! 二万人の大観衆の中、御臨場のキング、クィーンの前で。ロンドン在留の日本人は、涙なしにはいられぬほど嬉しかった。直前まで体調をくずしていたのに、本当によく頑張ってくれました。あのときの佐藤選手の勇姿は忘れられない。私たち日本人は皆、肩で風を切ってロンドンの街を歩いたもんです」

「そんな歴史的な試合を観戦できたとは、羨ましい限りです」

「ええ。あの試合を観ることができたのは、私の生涯の幸福の一つです。もし日本中のテニスファンがウィンブルドンの彼の勇姿を見られたら、ジロー・サトウがどれほどの世界的名選手であるのか、そして我が国を代表して、いかに日本のために尽くしているのかが分かるのに、全く残念でなりません」

──本当に残念だ、二〇一五年なら世界の人々が次郎さんの勇姿を見られるのに。

「そうですね、今は新聞の情報だけが全てですから」

「今は？」

──しまった！

「いや、今にテレ、じゃなくてえーと、小型の映写機が各家庭に置かれて、ウィンブルドンの試合も、同時に見られる日がくるんじゃないかと思いまして」

「テレビジョンのことですか？　五年ほど前でしたか、英国放送協会が実験放送をしましたが、試合の中継を同時に見られるなんて、それはいくらなんでも夢物語でしょう。面白いことをおっしゃる」

薫を見て笑っている。これだから人としゃべるのは嫌なのだ。

「佐藤選手のマナーの良さは定評がありましてね、外国でも人気が高いんですよ。私の友人の岡本一等書記官が、パーティーで重光外務次官を無邪気に笑わせている佐藤選手を見て『佐藤君は思ったよりブッキラボウだけれど、嫌味のない人間だね。あれだからフランスでも英国でも評判がいいのだよ』って言ってました」

「ブッキラボウ、ですか」

　薫の返事に七海は思い出したように、

「去年のローランギャロスの最大級の花形は、コシェでもクロフォードでもなく我らが佐藤選手でしたよ。ローランギャロスでのサムライ佐藤の評判たるや、実にすごかったな。マルタン・プラーは『今年度のダブルスで、唯一の美しく見ごたえある試合は、佐藤、布井対ボロトラ、ブルニョンのそれであった。シングルスについても佐藤、ペリーの壮麗なこの一戦を見るまで今年のシングルスは意味がなかった』とまで誉め称えていました。各国の新聞記者はもとより批評家、専門家全員が佐藤、布井を激賞してましたよ」

　背広の内ポケットから手帳を出し、

「フランスの新聞評の切り抜きとそれを翻訳したメモです。ご覧になりますか」

　薫に手渡そうとしたそのとき、「ううう」七海が呻いて胸を押さえ、デッキチェアから転げ落ちた。

「大丈夫ですか！」薫は咄嗟に彼を抱きかかえた。

　周囲には誰もいない。背負って医務室まで運んだ。ベッドに寝かせた七海を直ちに医師が診察した。倒れたときの様子を尋ねられ、薫は気が動転しながらもそれに答え、成行きを見守った。医師と看護婦による適切な処置で、七海の症状は落ち着いた。

薫はやれやれと一息つき、同時に、思いがけなく時間が進んでいることに気づいた。心臓が止まりそうになった。時計は九時を過ぎている。薫は医務室を飛び出し、狭い廊下を走り抜けて甲板に出た。走りまわって次郎を捜したが見つからない。いない。いない！　まさか、もう……。そうだ、船室にちがいない。船室の扉をノックもせずに開ける。いない。食堂、喫煙室、読書室、サロンと思いつくかぎりのところを覗いたがどこにも見当たらない。

他の代表選手たちにも次郎を捜すよう頼んだ。薫のようすから皆すぐさま事態の深刻さを悟り、慌てて捜索にかかった。

再び甲板に出ると、遠く船尾の方に人影が見えた。近づくと、黒い背広を着て、胸に白い花を挿した次郎が、手すりに寄り添うように立っていた。

息が止まった。

「次郎さぁぁぁん」

声を振り絞って叫ぶ。

次郎は静かに振り向き、薫を見ると微かに笑った。

そして蒼白な顔に戻ると、片足を踏んで直立した。右手をかざし、力強く敬礼をした。

そのくちびるが『さよなら』と動いた。

次の瞬間、
次郎は、勢いよく手すりを乗り越えた。

――一瞬の出来事だった。何が起きたのか、理解できない。

泣き叫ぶ薫の声に人が集まり、スチュワードが急いで船長に連絡を取った。

そして箱根丸はゆっくりと旋回して停まり、船員たちによる捜索がはじまった。月明りがあっても、夜の海は果てしなく暗い。やがて朝陽が昇り、視界は明るくなった。が、依然次郎は発見できない。

午前七時になり、ついに捜索は打ち切られた。


船は次の寄港地のマラッカで、次郎の荷物と薫を下ろし、ヨーロッパへ向けて出航した。

ついに密航が露見し、薫は日本へ向かう客船で荷物とともに強制送還となった。

船では早朝から夜遅くまで掃除やさまざまな雑用を命じられた。

目が覚めているあいだ中、薫は、考えてしまう。

すべて自分のせいじゃないのか、と。

自分の告白が、次郎を追い詰めたのではないか。

ずっと一緒にいたのにどうして止められなかったのか。

このタイムスリップそのものが、次郎の自殺を止めるために与えられた神様の贈り物なのかもしれない、と薫は考えていた。

あのとき、七海が倒れなかったら。あのとき、テーブルの下から幼児が飛び出さなかったら。そんなことも思ったが、それ以前にチャンスはたくさんあったはずだった。

——僕は、全部知っていたのだから。それなのに……。

心はひびだらけで、粉々に砕ける寸前だった。努めて何も考えず、ひたすらデッキブラシを動かした。仕事が途切れることはなかったが、忙しくしている方が現実逃避できる分ありがたかった。

船の中では、あちらこちらで箱根丸での投身自殺の噂をしている。ロンドン特派員によれば、佐藤次郎選手の自殺はヨーロッパ、殊にイギリスでは非常なセンセーションを巻き起こした。六日の各紙夕刊は、一斉に第一面トップに写真入りで大々的に報じ、世界的選手の死を悼(いた)んだという。

【第十一章】　帰路

四月二十日。船は神戸港に着き、薫は厳重説諭の上、下船を許された。

本来ならこんなことでは到底済むはずはないのだが、次郎が箱根丸船長に宛てた遺書のなかに、自分に免じて寛大な処置をと記してくれていたことと、船会社の体面もあって、警察に引き渡されずに放免されたのである。

日本はすっかり春になっていた。

目の前を、とうに季節は終わったはずの桜の花びらが、ゆっくり宙を舞いながら海に落ちていった。薫は桟橋の近くに座りこみ、いつまでもぼんやり海を眺めていた。

急になまぬるい風が吹き、足元に新聞紙がまとわりついた。手に取ると大阪朝日新聞の四月七日の夕刊である。

二面に五段抜きで「庭球の巨人・佐藤　悲痛の最後を遂ぐ　デ杯遠征途上　マラッカ海峡に身投す」のタイトルと共に、次郎と早苗が満面の笑みで並ぶ写真が載っていた。

「庭協を恨みます　淋しく語る婚約の岡田嬢」という記事で、早苗は協会が相談もなしに次郎に打電したことに抗議していた。また、記載された上海からの最後の手紙には、今度は香港から、とあったと記されていた。
十一面には「国民への重責故に佐藤選手は死んだ」の中、「庭協への実兄の不満」のサブタイトルで太郎の言葉が掲載されていた。

シンガポールで次郎が下船休養の意思があったのを協会からただ「もう一度行ってくれ」というのならまだよいが協会は「今デ杯基金を募集中だからぜひ行ってくれ」という金に関係して協会の立場を第一義に、次郎の身體を弟二義に取扱ったのははなはだ残念です。（中略）兵士が出征してさえ身體が悪ければ返してくれるのにいくらデ杯戦出場でもよく〳〵でなければ下船するといわれないのに協会では無理に行くように、ある意味で強制的な態度をとられたのは返す返すも残念でたまりません。いづれも遺書でもついたら真相がはっきりすることゝ思います。

これを受けて日本庭球協会関西支部役員は、四月八日に総辞職した。もともと関西支部は体調の悪い次郎を無理にデ杯に参加させるのに反対だった。基金のために選手を酷使する東京の本部への強い抗議の表れだったにちがいない。だが、堀口日本庭球協会会長をはじめ本部役員全員が辞職するのは、七ヶ月も後なのだ。

薫は新聞紙をクシャクシャに丸め、海に向かって投げつけた。

下船の際に船長が、次郎の兄が遺品を受け取りに神戸に来ていて、西村旅館に宿泊していると教えてくれた。

――太郎さんに会わなくては。会って謝って……。だけど、どんな顔をして会えばいいのだろう。太郎さんに合わせる顔なんてない。それに、なんと言えばいいんだ。やっぱり次郎さんを止めることはできませんでした、って？　そんなこと……。

薫は重い足を引きずるようにして栄町に向かった。

太郎が神戸に来ているならば、どんなに辛くとも会わないわけにはいかない。

西村旅館が視界に入ってくると、思わず薫は立ちすくんでしまった。

大きなため息が出る。視線が落ちた。

――僕は……、僕はいったい、なにをしていたんだ。すべてを知りながら、結局なにもできなかったじゃないか。

「薫さん！　薫さんやない」

薫は頭を上げた。

「フミちゃん」

「薫さんや！　玄関から、よう似たおひとが立ってはるのが見えたさかい、近う寄ってみたら、やっぱり薫さんやったんやわ」

フミの笑顔は、ほんの少しだが薫の気持ちをほぐした。

「フミちゃん、僕は……」

西村旅館の近くで悄然と立っているこの状況を、フミにどう説明すればいいのか、薫は戸惑った。

「薫さん、どないしたん？　顔色がようないみたいやけど」

フミは薫の顔を覗きこむようにして言った。

「なんやあるんやったら、うち話聞くで」

薫は少し迷ったが、誰かに胸の裡を打ち明けたい気持ちが勝った。

「僕は、次郎さんが自殺するかもしれないことを知っていたんだ。彼は精神的にかなり追いつめられていたからね。それを阻止するために一緒に箱根丸に乗船した。だけど、このざまさ。太郎さんにもあんなに頼まれていたのに。僕ときたら、まったく。フミちゃん、こんな人間がどんな顔で太郎さんに会えると思う？　僕みたいなおろかで間抜けな男が」

フミは薫の言葉を聞き終えるとしばらく無言でいたが、やがて一言一言嚙み締めるように言った。

「薫さん、うちに手紙くれはったでしょ。次郎さんと早苗さんに、機関車でお別れさせてあげられた、って書いてましたやん。それ、すっごく喜んではったんちゃいます？　あと、次郎さんたちと一緒にテニスして楽しかったって。それもええことしはったんちゃいますか」

薫はフミにその後の経過報告を兼ね、手紙を送っていた。

「そうかなぁ……。僕、行かなくちゃ。太郎さん来ているんでしょ？」

フミはにっこりと頷き、「いてはりますよ。ほな、うち、先行きますわ」旅館の裏口へ走って行った。

薫は二度ほど肩で息をし、一歩を踏み出した。

西村旅館の玄関を入ると、番頭が薫を見て驚いた顔をしたが、薫から簡単に事情を聞くと二階の部屋へ案内してくれた。

階段を上る足が、限りなく重い。

番頭は奥の部屋の前に跪くと「お客さんをお連れしました」と声をかけ、一礼して去った。

薫は大きく息を吸ってから名乗り、少しずつ襖を開けた。

広い日本間で、太郎と他二人が座卓を囲んでいる。太郎は黒いスーツ姿で、その眼はあの夜の海と同じ色をしていた。

薫は廊下で正座をし、頭を下げたまま動けない。

「こっちに来なさい」

その声は優しく、引き寄せられるように部屋に入った。

太郎が目で合図をすると、二人の同行者は静かに退室した。

太郎の正面に座り、両手をつき頭を畳に着けた。

「僕は、次郎さんを……助けられませんでした。ずっとついていたのに取り返しのつかないことを……。申し訳ありません」

言葉が、喉を突き刺さって、痛い。

「次郎の死は、おそらく誰も止めることができなかっただろう。……これは、運命だったのだ」

「でも……」

「僕は君に感謝しているんだよ。君がいなかったら、次郎はもっと孤独だっただろうし、君がいたからシンガポールまで行けたのかもしれない」

薫はこぼれ落ちる涙を止められない。

うちに戻るか、と言われたが、丁重に断り西村旅館を後にした。

この道を歩いて二〇一五年からやってきたんだった。

タイムスリップしてからの数ヶ月が走馬灯のように頭の中を巡った。

隆之介の死、そして次郎の死。

薫はずっと、次郎の死は日本庭球協会のせいだ、協会に殺されたのだと思っていた。

しかし、今は違う。すべては「時代」のせいなのだと。

特高という組織を作り出したのも、個人の意思が完全に無視されるのも、この「時代」が生み出す空気のせいなのだ。

それぞれの「時代」に巡り合わせた人間の幸福と不幸。

生まれる時代を選ぶことは誰にもできない。置かれた場所で精いっぱい生きるしかないんだ。

もう二〇一五年に戻れないのだろうか、そう考えると薫は絶望的な気持ちにおそわれた。

――この時代を生きていかなければならないのか。数年後に太平洋戦争が始まるこの日本で。

けれどこの先一生戻れないとしても、それは自分に科せられた罰なのかもしれない。だったら、この時代で生きぬいてやるさ。きっと戻れないことが償いなんだ。

そう考えると少しだけ心が軽くなった。

公園のベンチに座っていろいろ考えているうちに、いつの間にかすっかり夜になっていた。

漆黒の空に、真っ赤な月が浮かんでいる。この世の全てを呑み込みそうに怖いくらい大きく、妖しい空気を漂わせている。たしか、こんな月を前にも見たなと思いながら腰を上げ、暗い路地を三宮の駅に向かって急いだ。

――唯に連絡しないと。

とにかく東京へ帰って、彼女に会いたい。

そのとき、いきなり凄まじい地鳴りとともに地面が大きく揺れ、頭上から、思いっ切り冷気が吹きつけた。立っていられず、その場にうずくまった。

どのくらい経ったのか。十秒のようでもあり、十分のようにも感じられた。

静かに目を開いた。前方が明るく輝いている。

7の数字が光って見えた。えっ、セブン？　セブン-イレブン!?　薫は走って店に入った。

「いらっしゃいませ」

――戻った？　二〇一五年に。二〇一五年なのか？

息を荒くしながら店内を見回していると、店員が不審そうな顔で、古めかしい服装の薫を窺(うかが)っている。薫はバックパックの底から財布を出し、ペットボトルのお茶と新聞を買った。

新聞は二〇一五年三月十日の日付になっている。神戸に来たのがたしか三月四日だったから、あれから六日しか経っていないことになる。その六日間が、戦前のあの時代では半年という時間だったのだ。

朝までネットカフェで過ごし、東京に帰った。

薫はこの不可思議な体験を、誰にも話さないと決めた。話したところで誰も信じないだろうし、歴史が変わったわけでもないからだ。

戻ってからはなにもする気力がなく、だらだらと家にこもって過ごした。

数日が過ぎ、麻布の二宮家を訪ねた。ずっと気になっていたが、現代にもどった以上、唯が生きていたとしても百歳近い年齢である。会いに行くのをためらっていたのだ。

街はすっかり変わり、憶えている住所にはビルが立っていた。薫は歩きまわり、近所で古そうな家を見つけた。庭で植木の剪定をしている人がいる。

「すいません」勇気を出して声をかけた。

「はい？」

エプロンをかけた小太りの中年女性が振り向いた。

「あの、この辺に住んでいた二宮さんというお宅を探しているんですが、ご存じないですか？」

「二宮さん……。いつごろかしら？」

「昭和のはじめです。昭和九年とか」

「その頃のことだったら、大おばあちゃんが知ってるかもしれないわ。縁側のところでちょっと待っててね」

女性はサンダルを脱ぎ、家の奥へ消えた。しばらくして、女性に抱えられるようにして老女がやってきた。老女は縁側の椅子に埋もれるように腰をかけた。

「大おばあちゃん、この方が、むかし、二宮さんってお宅がご近所にあったかって、訊かれてるの」女性は一語一語大きくはっきりと老女の耳元で言った。

老女はささやくように何か言い、女性は老女の口元に自分の耳を寄せた。二度ほどふんふんと頷いてから薫を見て言った。

「あのね、二宮さんは、戦争まえに屋敷を売って、どこか田舎に引っ越したそうよ」

「そうですか。それで、唯さんの、二宮唯さんの消息を知りませんか?」

女性はまた同様に聞きだしてくれた。

「引っ越したあとのことは知らないって。ごめんね、おにいさん、お役に立てなくて」

「あっ、いいえ、助かりました。おばあさん、わざわざ出てきてくださって、本当にありがとうございました」

老女は眠たそうに目をつむった。

帰り道、もう唯を探すまい、と薫は心に誓った。


数週間経ったある日。机の上に置かれた封筒を裏返し、薫は、一瞬、息が止まった。

差出人に「二宮　唯」と書かれていたのである。

手が震え、封筒を落としてしまった。慌てて拾いあげ、ペーパーナイフを入れる。

胸が高鳴る。

薫さんへ

薫さん、お元気ですか。

この手紙を受け取って、さぞかし驚かれているでしょう。

ちょっと目に浮かんでしまいますわ。ごめんなさい。

さて、なにからお話しすればよいのか。そうですね、まずは昭和九年にさかのぼりましょうか。

あの年は、兄が亡くなり、そして次郎さんも亡くなってしまい、私にとって最も辛く悲しい年でした。私は薫さんの帰国だけを心のよりどころに過ごしておりました。けれどもいつまでたっても連絡はなく、私は思い切って群馬のお家まで行き、薫さんの消息をお尋ねしたのです。

太郎様から、神戸でお会いになったきり消息は分からないとお聞きしました。

そのとき、私は薫さんは二〇一五年に戻られたのだと考えました。私に連絡する間もなく、タイムスリップされたのだと。思えば、昭和九年にいらしたのも神戸でしたし、なんらかの要因が重なり再びタイムスリップなされたにちがいないと。

それでも私は、いつかまたあなたが突然私の前に現れてくださると、心のなかで期待しておりました。ずっと何年も、何十年もです。結局、叶うことはありませんでした。

あっ、でも、それは後でお話し致しましょう。


その後、私は戦争にそなえ、ときどき武蔵野の親戚の畑を手伝い、野菜作りを教えてもらいました。また戦後のことも考え、洋裁を習い、英語も勉強しました。

開戦の前年に父を説得し川越に家を買い、父とはると知枝の四人で引っ越しました。はると知枝は農家の出なので、野菜作りはとても上手でした。

戦争が始まったときは万全の態勢ができ、薫さんのおかげで無事に終戦を迎えることができました。

戦後は隠し持っていたミシンを出してドレスを作り、進駐軍のご婦人方にお売りしました。これが評判になり、私どもは東京に戻り、青山にお店と住居を構えました。

そうそう、ミシンを隠すのは結構手間がかかりましたわ。東京から懇意の大工さんに来てもらい、川越の家の床の間の裏に小部屋を作ってもらったのです。戦争になれば鉄をすべて供出しなくてはならないのは想像がつきましたから。

この隠し部屋は缶詰や生地の貯蔵などにとても役に立ちました。

青山のお店は私と知枝と数人の縫子たちで、注文服のみを扱いました。お店を大きくする機会は何度もありましたが、私はそれよりも自分の目の行き届いた仕事をしたかったので、小さくてもお店は一つで頑張りました。

その店も畳んでもう何年にもなります。

知枝はずいぶんと長く私を助けてくれました。結婚してからもお店を手伝ってくれて、私にとってはる同様かけがえのない存在です。

知枝は女の子を二人産んで、私は我が子のように可愛がってまいりました。

はるは、死ぬまで二宮の家に仕えてくれました。

ほんとうに二人には頭が下がります。彼女たちなしでは、私は生きることはできなかったかもしれません。

そうそう、私が群馬のお家に参りましたとき、登世子さんが、薫さんにもらった手紙を読む前に失くしてしまったと嘆いておられました。どんな内容なのかはわかりませんが、きっとそれは読んではいけないものだったのでしょう。

いま私が住んでいるのは熱海のマンションです。海が目前に広がる静かなところです。

おそらく私の命はもってあと一、二年でしょう。やり残したことをしなくては。

「タイムカプセルレター」というものがあると知り、今ならちょうど十年後は薫さんがあの時代から戻られているはずと考え、こうして筆をとっています。

そうです、この手紙は十年前に書いたことになりますね。

たぶんこれをお読みになっている薫さんは、昭和九年から戻られてまだ一ヶ月くらいかしら。

私は、とても長い月日が経ってしまいました。

それから、このことは私だけの秘密にしようかと思いましたが、実は私、十年以上前に、薫さんに一度だけお会いしましたのよ。

えぇ？って思われたでしょう。そうなんです、会っていますの、私たち。

何年前だったか、私はあなたのお家を訪ねてみたい衝動にかられました。

正直に申し上げてその気持ちはずっとありました。その年は薫さんがこの世に誕生して五年たったころでした。もしかしたら小さいあなたに会えるかもしれない、そう考えると会えなくてもいい、お家に行き外から眺めたい、とにかく近くに、という気持ちを抑えきれなくなったのです。

私は薫さんが記された住所をたよりに、あなたのお家の前に行きました。

ちょうどそのとき玄関の扉が開き、幼い男の子がママと一緒に出てきたのです。その子は私を見て「おばあちゃん、どうしたの？」と尋ねました。私は駅に行きたいけど道に迷ってしまった、と告げると「駅まで一緒に行ってあげるよ」と言って手をつないで連れて行ってくれたのです。私とママの手を握って歩く男の子は、とても楽しそうでした。「ぼく、おなまえは？」と訊くと「かおる、みつやかおるです」とはきはきと答えてくれました。駅のそばで私は持っていたキーホルダーをお礼に差し上げました。

そう、あのラケットの形のキーホルダーです。デパートで偶然見つけ、薫さんの持っていたキーホルダーと同じだと買い求め、いつもバッグのなかに入れておりました。あれは私が持っていたものだったのですね。

あなたはありがとう、と微笑んで行ってしまいました。私はその後ろ姿が見えなくなるまで見送っていました。

涙がこぼれてしまいましたが、私は、さようならと心の中の薫さんにはっきり言うことができました。こんなおばあさんが、ってお思いでしょうね。

でも年をとって分かったのは、人の想いは年をとらない、ということです。

結婚は、致しませんでした。プロポーズも何度かされましたが、私は独り身でいることを選びました。

私の人生は、人に恵まれ、仕事に恵まれ、大変なこともありましたが、楽しく充実したものだったと思います。

いま、遠く海を眺めながら思い起こせば、私の人生のハイライトは、薫さんと出かけた花屋敷と帝国ホテルのクリスマスパーティーでした。麻布のお家のサンルームのひととき、あれも大切な思い出です。

それはとても短い時間でしたけれど、決して巡り合うはずのなかった私たちが出会えたことを、私は神様に感謝しています。


でも、もし生まれ変われたら、今度は同じ時代で巡り合えますように。

二宮　唯

二〇〇五年　吉日

薫は手紙を握りしめると外に飛び出した。

気づくと東海道本線伊東行き電車の、車窓を流れる景色を目で追っていた。

心の中は絶望と虚無感であふれそうである。

自分はもう二度と唯に会うことはない。頭では分かっていたが、心のどこかに、もう一度過去に戻って会えるような、願望にも似た思いがあった。

薫にとってはたった数ヶ月のあいだに、唯には何十年もの歳月が流れていたのだ。

――こんなことが……こんなことが……。

僕は次郎を救えず、隆之介も失い、そして唯も……。


熱海駅に着き、タクシーをひろってマンションに急いだ。

高台にある白亜の建物は、フェニックスの木がまわりを彩り、南国の雰囲気をかもし出していた。二十四時間ナースが見守るケア付きであることは、ネットで調べた。

ロビー横の受付に向かった。

「あの、二宮唯さん。二宮唯さんは何号室ですか?」

「二宮唯さん。二宮さんは残念ですが既にお亡くなりになっています」

予想はしていたが、急に力が抜けていく。

「……亡くなった……そうですか。あっ、唯さんのこと、どなたか知っている方はいませんか?」

「そうですねぇ、あぁ、田畑さんがよく知ってると思いますよ。二宮さんの担当でしたから」

「たばたさん、ですね。ありがとうございます。その方は今いらっしゃいますか?」

「ええ、二階のナース室へいらしてください」

薫は会釈をし、階段を上った。ナース室に顔を出し、声をかけた。

「すみません、田畑さんはいらっしゃいますか？」

ナースの制服を着た女性が、薫の声に振り向いた。

「まぁ、あなた、二宮さんの」

女性は親しみをこめて、けれどもとても驚いたように目を見開いて言った。

「えっ、なんで？」

「あぁ、ごめんなさい。だって、そっくりだからびっくりしてしまって」

わけがわからず立っていると、

「ちょっと待っていてくださいね」

そう言って奥へ行き、袋を一つ持って戻ってきた。

「こちらにどうぞ」

田畑は、相模湾が前面に広がる中庭のベンチに、薫を案内した。

「この場所はね、二宮さんのお気に入りだったんですよ」

薫は田畑と並んで腰をかけた。

「二宮さんはここで海を眺めながら、いろんなお話をしてくださったんです」

田畑は袋から花柄の缶を大事そうに取り出した。静かに蓋を開け、中に入っていた写真の一枚を薫に渡した。

――あっ！

「これは」一目みて涙が溢れた。

「そう、あなたにそっくりでしょ。でもこれは若いときの二宮さんだから、ここに写っているのはあなたのおじい様かしら。とても大切にされて、よくご覧になってましたよ」

花屋敷で二人で写したあの写真。

セピア色に変色しているが、そこには十七歳の唯と、二十歳の薫の、確かな一瞬があった。

あのとき、「ハトがでますよ」と写真館のおじさんが言ったのが可笑しくて、ふたりはつい笑ってしまった。写真の中の二人は輝いている。

薫にとってはついこの間のことなのに、なぜか遠い昔のように感じる。

「二宮さんは『二〇一五年ごろに私に会いに来る人がきっといるから、その人に渡して』とおっしゃってこの缶を。私が『その方のお名前は?』と訊くと、『すぐにわかってよ』と笑っていらっしゃいました。私、その意味が、今日はじめてわかりました」

田畑はうれしそうに、薫と写真の彼を見比べている。

「二宮さん、写真はお好きでなかったみたいで、いつも『私はいいのよ』って写りたがりませんでした」

「そうですか」

「えぇ。きっと、お若いときのイメージを大切にされていたんですね」

袋のなかには荒木飛呂彦の漫画『ジョジョの奇妙な冒険』のコミックスもあった。

「その漫画、二宮さん、よく読んでいらっしゃいましたよ。私が見せて、って言っても『これだけはだめなの』っておっしゃって、誰にも触れさせなかったんです」

中庭に通じる扉が開き、事務員が声をかけた。

「田畑さぁん、三〇一号室の白石さんがお呼びですよ」

「はい、今行きます」

田畑は薫に向き直り、蓋を閉じた缶を差し出した。

「では私はこれで失礼します。これはどうぞお持ちください」

「ありがとうございます」

扉に向かう田畑を「あの」と言って呼び止めた。

「唯さんは、しあわせそうでしたか」

田畑はにっこりし、「えぇ、とっても」そう言うと一礼し、扉の向こうへ去った。

缶の中にはセピア色の写真が数枚。隆之介と唯が写っているものや、唯がひとりでこちらを見て微笑んでいるものなど、どれも薫のよく知る唯だった。
それとGショックが、一枚の便箋と共にあった。それにはつぎのように書かれていた。

この時計は薫さんが兄に残されたものです。兄が捕まり特高が来て家を荒らしたとき、私はとっさに兄の机の引き出しから取って隠しました。以来、兄のかわりに私が今日まで大切に保管してまいりました。私にとってこれは兄の形見であると同時に、薫さんの思い出の品。悲しいときやうれしいときに、ひとりでそっと腕に着けておりました。

――すべてが手の届かないところに行ってしまったんだ。
薫はGショックを握りしめ、そして、静かに手を広げた。
やがて液晶画面に数字が浮かび上がり、時を刻みだした。
長い時間、海を見ていた。

田畑に訊いた唯の墓に参ったのは、それから一週間が過ぎたころである。気持ちの整理がつかず、唯の死を示す墓を見ることに耐えられそうもなかった。
少し日にちが経ったことで、どうにか、心が全てを受け入れた。

二宮家の墓は麻布の閑静な寺にあった。にぎやかな街のなかで、そこだけ時間が止まっているようだ。薫はおしゃれなフラワーショップで花束を作ってもらった。線香は白檀の香りのものにした。唯が髪をすいていた、あの櫛の香りである。

墓前に持参したものを供え目を閉じると、風が一瞬、通り過ぎた。ひらひらと、蝶が一匹舞いながら百合の花にとまった。

――唯？

蝶は花々のあいだを飛びまわり、薫の手に触れ、空へ消えた。

【終章】

薫は自分なりに佐藤次郎の事件をもう一度調べてみることにした。どうしても検証したくなったのである。国会図書館やスポーツ図書館へ何度も通い、多くの新聞記事や雑誌に目を通した。そのなかに、あの短い遺書に、太郎が答えている記事があった。

『テニスファン』　昭和九年五月号

「遺書に答ふ」

佐藤　太郎

誤報であれ、夢であれ、と必死に祈った甲斐も無く次々に来る恐ろしい電報によって遂に死を確認しなければならなくなった。
「死なゝくとも」と何度も〳〵思ってはみるが、自分自身に対して少しの妥協も出来ぬお前の性格を思うと、こうなったのもまた運命として止むを得なかったのだろう。

今お前の遺書に答えて手向けとする。

「兄貴ゆるせ、不幸の罪を。」

ゆるすもゆるさぬも無い、お前は立派に死んだのだ。お前の遠征へ向う覚悟が出征する兵士のそれと相通じるものを持っていたのを考えると、戦死者を迎えるのと同様の気持ちで迎える事が出来る。

お前の死によって、これ程一家一族の人達を悲しませる事は不幸なのかもしれないが、孝経にも「立身行道揚名於後世以父母顥孝之終也」とある事を思えば、お前の事にすれば人としてなすべき凡ての事を成しつくしたのだから、決して不幸ではないだろう。

只、生まれて二十六年、あまりに年若なために、人はお前の死をいたく惜しむが、それは未だ之れ以上お前に対して何事かをなさせ様とするからだが、僕はもうあれだけで沢山だ、短い生涯ではあったが東奔西走、テニスのために身も心も捧げつくしてしまったのだからこれ以上何ものも求め度くはない、たゞ惜しいと思う事は、たとえ少しの間でもテニスから離れた静かな家庭生活を味はせ度かつた。

弟よ！　ゆるすぞ、孝不孝は知らぬが。

「色々御世話になった、死んでも忘れぬ。」

たった一人の兄として、いや父母亡き後の代りとして、何一つとして世話らしい世話をしてやった事も無いのに「死んでも忘れぬ」とは、あゝ兄は之れのみが心残りだ。天にも地にもたった一人の弟として、もっと〳〵よくしてやりたかった。（中略）

思い出は尽きない、……之等のどの思い出を辿ってみてもお前に感謝されてもいいと思うような事は一つも無い。父は「次郎は次男だから何でも次郎の好きな者にさせよ」と言って亡くなった。愚かな兄はお前の死を知るまで、亡父の地下での満足を信じていた。然るに事実は之れと反対だったのだ。如何に好きな技とはいえ、結局お前にとっては身も心も捧げつくしても未だあき足らず、最後に命までも捧げなければならなかったのだ。

父は草葉の影で此の兄を恨んでいたのだったろう。今は同じ黄泉の国でお前の地上での苦しみの生活をねぎらってくれている事だろう。お前の一生はほんとうに苦しみの一生だった。思い出せば一昨年帰朝した時に「次郎は山へ引き込んで百姓をしながら牛でも飼って自分で乳を配達して暮らすから土地を見つけて置いてくれ」と言ったことがあったが、これが亡父の言ったほんとうの次郎の好きな道だったのだし、又異境の旅に心身共に疲れ果てた者の欲する道だったのが、それと気付かぬ愚かな兄は一笑に付して顧みなかった。己が名利にのみ囚われていたからだ。今度のデ杯参加の諾否にしてもそうだった。お前の気儘かせにしたのだったが、お前自身気乗りして行くなら兎に角、無理に行って不成績をとった時の考えを真っ先にしたからだったが、何故もっと積極的に断って静かな休養をとらせる道を講じなかったか！
如何に愚痴っても帰らぬ事だ。
ああ、亡父の道志に背き、一人きりの弟を苦しみ死なした兄は如何にしたらよいのか、
次郎よ許せ愚かな兄の罪を。

太郎の苦悩に満ちた顔が浮かぶ。自然と背筋が伸びた。
中学の庭球倶楽部時代を共に過ごし、兄弟をよく知る堀貨吉は回顧録のなかでこう語る。

然し僕は思ふ。次郎君の努力もさることながら、君が名を成す迄にはその陰にあって凡ゆる犠牲を惜しまなかった令兄太郎君のある事を忘れてはならない。素質と環境に恵まれてそしてテニスに理解を持つ兄をもった次郎君なればこそ成し得たのだ。庭に練習板を設けたのも太郎君、君が夏休みに帰って多少なりとも練習が出来る様にと庭の梅の木を伐ったのも太郎君だった。蚕室を取払って何やら斯うやら庭でシングルが出来る様にしたのも令兄だった。

この背後の力があったればこそ世界のジローとして君臨することが出来たのだ。
次郎君が遺書の冒頭「兄貴許せ」と認めているのはこれを謝しているのである。

また布井良助は、自分がデ杯に参加し同行したら、次郎は自殺しなかったのではと随分悩んだようだ。彼はこれがきっかけでテニスを引退している。

そして布井もまた、非常に責任感の強い人だった。

昭和二十年七月二十一日、ビルマ戦線において陸軍主計大尉だった布井は、マラリアを患っていた。部下たちに助けられながら撤退し、シッタン川畔までなんとか辿り着いたが、このままでは彼らに迷惑がかかると判断したのだろう。部下に用事を言いつけ、一人になったときにピストル自殺したのである。

『テニスファン』五月号には、早苗も遺書の答えとなる手記を載せている。

「胸迫る思い出」

岡田　早苗

何処からか「サーチャン」と呼ぶあの強い力の籠もった声がするような気がして、どうしても落ちつけない。誰かと話してゐても、時々耳をすましたくなる。ぼんやり考え込んでゐても、なんだか落付きがない。たった一人だけの世界に投げ込まれ、魂も何もかも失ってしまったやう。次郎の死を知って、初めてこうまで彼を頼りきっていた自分に驚く。何をする元気もなく、唯彼の強い愛と力とに抱かれた過去二箇月が懐かしく、在りし次郎の幻を追ふのみ。

「次郎さん」などと書くには、余りにも親し過ぎる私達だった。次郎は私に対する一生の間の愛を、短い二箇月にすっかり注いでしまったのではないかと思われる程、それは烈しい…というよりむしろ静なる物狂わしさを想わせるものだった。止むを得ぬ用事の無い限り、片時も私を手離そうとはしなかった。家を出る時も帰る時も何時も一緒で、私のママに送り迎えをされて、とても朗らかだった。

次郎さん。あんな日はもう再び来ないのね。トム（犬の名）と三人で土手の上を競争したけれど、トムがなかく一緒にスタートしてくれないで困ったぢやないの。次郎さんの大きな足跡だって、未だきっと残っているでせう。

テニスに、映画に、ダンスにと、随分忙しかったわね。なにしろ、一生の分を二月間でやってしまったのだから。

練習から帰って疲れたままに、バッグやラケットを放り出して置くと、いつのまにか次郎さんに片付けられて、ラケットはちゃんとプレスにはまっているのには困ったわ。出掛ける時は着物にブラッシはかけて下さるし、外套も必ず着せて下さったし、「次郎さんと早あちゃんはまるで反対ね」とママがよく笑っていらした。口惜しかったので、私もママの前では外套ぐらい掛けて差し上げたわね。私がたてついても、てんで相手にせず、唯笑っているだけ、実際あの頃の次郎さんは元気でユーモラスだった。（中略）

従ってデ杯戦の為の半年のお別れが、急に辛いものになって来た。けれど冷静に考えれば、半年なんか直き経つものだし、テニスに気をまぎらしてでも居れば、又逢えるのに、私らしくもなく、たった六箇月の離別があれ程までに悲しかったとは、やっぱり虫が知らせたとでも言うのかも知れない。

次郎さんも、まるで今生の別れかのような悲しそうなお顔で、食い入るばかりに私を見詰めて、「もうお別れね」とたゞ一言、あとは目に涙を溜めてゐらしたのね。次郎さんが朗らかに何時も家を出る時おっしゃる様に、「行って参ります」とでも言って下さったら、私も元気になれたでせうに、何時に無く涙なんか出して、あまり真剣な表情をなさったのですもの、私だって泣いてしまふ。やはり何もかもあの時が最後だったのね。

『僕は何とかしてシベリヤ鉄道で少しでも早く帰るから、それまで早あちゃんは、春は彼處へ夏は比處へ行ってテニスをして遊んでゐらっしゃい』と、留守中のことまで心配して下さって、又常日頃から信頼していらした二三の方々を指定して『此の人達なら安心して遊んでもらって大丈夫…』と何度もおっしゃってゐらした。今になって聞くと、その方々にも私のことを頼んで置いて下さったのですってね。その当時は『こんな大きな私を子供扱いにして』と笑ったけれど、今となってみれば、次郎さんの心からの親切が身に沁みるばかり。

次郎さんを東京駅に送った後は、生まれて初めて人並みに淋しさを感じて、口をきく元気もなく、又どうしたことかお食事もろくに頂けなかった。けれど寂しい中からも九月の帰朝を楽しみに、今度こそは船まで行こうとママにお許しまで得ておいた。次郎さんのお船が入港したらランチでお迎えに行って……いきなり次郎さんのお顔を見たら何と言うかしら、きっと何も言えずに涙を出してしまうだらう、けれど今度はお別れぢやあないのだから悲しくはない――なんてそんな馬鹿なことばかり考えていた私に、今の変わりようはどうでせう。自殺なんか、次郎さんが遺書へもお書きになった通り全く卑怯よ。よく知っていらしたのに、『許せ』とおっしゃったところで何う成るものでもないし、次郎さんは私よりずっと幸福よ。生きている者は、歩む道が多いだけに、幾層倍不幸だか知れない。

こんな愚痴ばかり言っていけないのね。次郎さんの気持、私にはよううく解って居るのに。けれど生まじつか次郎さんが、あんなにまで無茶苦茶に私を可愛がって下さったばかりに、今度の永い〳〵お別れがどうしても諦め切れない。思い出があまりに生ゝしすぎる。

四月三日の夜、ママと一緒に日比谷劇場のトーキー・ニュースで見た大森コートの元気な姿、力のこもった御挨拶の声が目にちらつき、耳に響く。

あゝ、四月三日の夜、次郎さんは丁度私に遺書を書いてらした頃ね。何と云う因果でせう。

今に私も、次郎さんの処へ行く日が必ず来るでしょう。さうしたら、今度こそ何處へも行かないで遊んで頂戴ね。では安らかに眠ってゐらして。


薫は調べていくうちに、次郎の死は自身の武士道の完結だったのだ、と確信した。

文藝春秋の雑誌『話』昭和九年五月号に「佐藤次郎君自殺の真相」というタイトルで特集が組まれていた。

「唯一人の弟の死」と題して投稿した記事の終わりに、太郎はこう記している。


次郎の好きな人物は國定忠治と大石良雄だった。次郎はよく私の所へ「強きを挫き弱きを扶く」と言う言葉を書いて来た。これは國定忠治から学び得た言葉だと思ふ。次郎はまた大石良雄を崇拝して居た。義兄の話では、義士討ち入りの日には、早朝から起き出て泉岳寺まで参詣に行ったとのことである。(中略)次郎が死んだときの心境はこの武士らしいところにあったであらう。少しも乱れては居なかったであらう（中略）次郎は自殺した。けれども次郎は心から好きなテニスのために死んで行ったのだから幸福ものだ。私は一人きりの弟次郎を失くした。父母が居なくなってから、どんなことも互に相談し、これからも私の本当の力になってくれる筈の次郎を失くした。私はそれを思ふと涙も出ない位悲しい。今は出来るだけ次郎のことを思ふまいとしている。

そして「次郎はもう居ない」の中で、早苗も書いている。

三度、四度と日本の代表選手となり外国の一流どころと戦ふうち、何時しか次郎もへんに武士道的精神に引き込まれたのか、一昨年は「伊太利に負けたら再び日本の土地を踏まぬ」とか、「独逸に勝てなかったら生きては帰らぬ」とか、今度も出発の前に、「満州で砲弾と戦ふ代りに、自分はテニスの球を、砲弾と思ってラケットを振って戦ふ」などと笑ふ事さへあった。出征した兵士さへ、病気になれば帰国させられるのに、次郎はそれを許されなかった。愚痴一つ言はず、しかも病苦と戦って、独り死んでいった次郎。彼に針の先程でも狡猾さがあったなら、死ななかったであらうと思はれる程次郎は純情の持ち主だった。人の情などになかなか動かされる事の無い私も、彼の偽らぬ純情にはしばしば泣かされるのである（中略）出発の約一週間前に、早稲田の学校から「本年もデ杯戦に行き又出席が無いとすると、さう〳〵進級させるわけにはゆかぬ」といふ意味の事を言はれて、次郎は良い口実ができたとばかり内心大喜びで、早速庭球協会へ断りに行った程で、全く今年は行きたく無かったらしい。私も無論行って貰ひたくは無かったけれど、うっかり口を出せば益す〳〵次郎を苦しめるばかりだし、又私一箇の意見でこればかりはどうする事も出来ないので、たゞ成行きにまかせて居た。今から考へて、次郎は私のさうした態度を頼り無く思ひはしなかったか。シンガポールで帰国を申し出た時、思ひ切って「帰れ」といふ電報を打ったら、どんなにか彼を喜ばしたかもしれない……などと思ってみる。

欧州遠征に出発する前の三月九日付『時事新報』に、「庭球は戦争也」のタイトルで佐藤次郎が寄せた一文を見つけた。

私はラケットを握り庭球を始めしより以来、庭球は一つの戦争であると考えて居りました。今もそう思って居ります（中略）デビス盃戦はその意味に於いて私には全世界を相手にした一つの大きな戦争でした。一大世界戦争でした。或処では勝利あらず庭球場の露と消え、また或処では戦利あって敵を全滅させることができました。

ラケットは銃でありボールは弾丸であります。

箱根丸の船室で「僕はテニスに命をかけているんだ」と言った次郎の厳しい顔が鮮明に蘇った。

——次郎さんは、武士道を貫くことで矜持を保とうとしたんだ。

薫の推測は確信に変わった。次郎はそうするしか、崩壊しかけていた自我を救うことができなかったのかもしれない、とも思った。

そして何より、自分を押しつぶそうとする時代という怪物に、次郎は抗い続けたのだろう。

次郎が殺されたのだとすれば、庭球協会にではない。

時代に殺されたのだ。時代という怪物に。

【参考資料】

「佐藤次郎」早稲田大学体育会庭球部、稲門テニス倶楽部
「さらば麗しきウィンブルドン」深田祐介　文藝春秋
「筆のしづく」岡部みね　非売品
「テニスファン」昭和８年11、12月号、昭和９年１、２、３、４、５月号
「ローンテニス」昭和８年10、11、12月号、昭和９年１、３、４、５、６、７月号
「話」昭和９年５月号　文藝春秋
「Number」１０２号　昭和59年６月20日号
「ウィンブルドン」ラッセル・ブラッドン　池央耿訳
「中央公論49」５月号
「実業界」（２５４）10月１日
「忠臣蔵のことが面白いほどわかる本」山本博文　中経出版
神戸「西村旅館年譜」西村貫一
「特高警察」荻野富士夫　岩波新書

【参考資料】

「特高警察体制史　社会運動抑圧取締の構造と実態」荻野富士夫　明誠書林
中央（新稍東京）停車場本屋平面圖
大阪朝日新聞　昭和９年４月７日夕刊
東京朝日新聞　昭和９年４月５日、６日夕刊、７日夕刊、８日、10日夕刊
読売新聞　昭和９年４月６日夕刊、７日夕刊、８日夕刊、９日夕刊、10日
神戸新聞　昭和８年10月８日、９日、14日、20日夕刊
時事新報　昭和９年３月９日
「江戸ッ子と浅草花屋敷　――元祖テーマパーク奮闘の軌跡――」小沢詠美子
「値段史年表　明治　大正　昭和」週刊朝日編　朝日新聞社出版
「明治・大正・昭和・平成　物価の文化史事典」森永卓郎監修　展望社出版
時刻表復刻版　戦前・戦中編　ＪＴＢ・１９９２・12昭和９年12月汽車時間表（通巻１１７号）
「神戸と歴史」52巻1号　ロードス書房
日本郵船歴史博物館
東日本旅客鉄道株式会社
関西弁監修　清水明美　伊藤芳子
その他佐藤家に残る資料多数

〈プロフィール〉

佐藤瑠璃子

夏川真子名義で『イマジナリーフレンド　夏川真子短編集』を
2024年7月ごろ刊行予定（紙版：Amazon限定　電子版：各販売ストアにて流通）

庭球のサムライ
誰が佐藤次郎を殺したのか

2024年4月15日　第1刷発行

著　者　佐藤瑠璃子（さとうるりこ）

発行者　太田宏司郎
発行所　株式会社パレード
大阪本社　〒530-0021　大阪府大阪市北区浮田1-1-8
TEL 06-6485-0766　FAX 06-6485-0767
東京支社　〒151-0051　東京都渋谷区千駄ヶ谷2-10-7
TEL 03-5413-3285　FAX 03-5413-3286
https://books.parade.co.jp
発売元　株式会社星雲社（共同出版社・流通責任出版社）
〒112-0005　東京都文京区水道1-3-30
TEL 03-3868-3275　FAX 03-3868-6588
装　幀　河野あきみ（PARADE Inc.）
印刷所　創栄図書印刷株式会社

ISBN 978-4-434-33407-8 C0093